美文馆

U0503135

情愫

飘香的臭豆腐

郑州大学出版社

郑州

图书在版编目(CIP)数据

情愫·飘香的臭豆腐/马国兴,吕双喜主编.—郑州:
郑州大学出版社,2019.2
　　(小小说美文馆)
　　ISBN 978-7-5645-5981-6

　　Ⅰ.①情…　Ⅱ.①马…②吕…　Ⅲ.①小小说-小说
集-中国-当代　Ⅳ.①I247.82

中国版本图书馆 CIP 数据核字(2019)第 006577 号

郑州大学出版社出版发行
郑州市大学路 40 号　　　　　　　邮政编码:450052
出版人:张功员　　　　　　　　　发行部电话:0371-66658405
全国新华书店经销
河南龙华印务有限公司印制
开本:710 mm×1 010 mm　1/16
印张:10
字数:146 千字
版次:2019 年 2 月第 1 版　　　　印次:2019 年 2 月第 1 次印刷

书号:ISBN 978-7-5645-5981-6　　　定价:29.80 元

编委名单

总策划　任晓燕

主　编　马国兴　吕双喜

副主编　王彦艳　郐　毅

编　委　马　骁　牛桂玲　胡红影　李锦霞
　　　　　段　明　孙文然　丁爱红　郑　静
　　　　　付　强　连俊超　郭　恒

序

任晓燕

　　"小小说美文馆"丛书这项出版工程，推举小小说作家，推出小小说作品，推广小小说文体，为进一步推动全民阅读工作常态化、规范化，提升国民素质和社会文明程度，共同建设书香社会，做出了应有的贡献。

　　纵观我国现代文学史，每一种文体的兴盛都有其复杂的社会文化背景。其中，传媒载体是一个不容忽视的重要条件。如大型文学期刊之于中、短篇小说，报纸文化副刊之于散文、随笔。现代社会，传媒往往引导着阅读的时尚。

　　当代中国的小小说，也是如此。

　　仅仅在三十多年前，小小说对于读者来说，还是一个较为陌生的概念。在称谓上也五花八门，诸如微型小说、一分钟小说、超短篇小说、袖珍小说、千字小说、快餐小说、迷你小说等。当时，全国没有一家小小说专业报刊，小小说作品往往作为报刊的补白或点缀，难登大雅之堂。与之相对应，也没有专门从事小小说创作的作家，大都属于散兵游勇式的业余创作。而全国性的文学评奖，更是从来就没有小小说的一席之地。

　　在这种情况下，1982 年 10 月，郑州小小说文化传媒有限公司的前身百花园杂志社，敢为天下先，在旗下的文学期刊《百花园》推出"小小说专号"，引起文学界的关注，受到读者的欢迎。此后，1985 年 1 月，《小小说选刊》正式创刊；1990 年 1 月，《百花园》改版为专发小小说的期刊。此外，百花园杂志社还多次举办小小说笔会、评奖等文学活动，先后创办小小说学会、函授学校等民间机构，不断推进小小说作家专集、作品选本等出版项目。

　　通过业界同仁多年不懈的努力，小小说已从点点泛绿到蔚然成林，以独立的姿态屹立于中国当代文坛，跻身"小说四大家族"，并进入鲁迅文学奖评选序列，在全国各地拥有逾千人的较为稳定的创作队伍，成为广大读者喜闻乐见的文体。

小小说是新兴的文体，又有着古老的渊源，在一定程度上，它与文学的起源密不可分：上古神话传说如《夸父逐日》《嫦娥奔月》《女娲补天》等，就具有小小说精炼、精美的叙事特征；春秋战国的诸子著述，不乏微型珍品；南朝刘义庆的《世说新语》，堪称我国最早出现的小小说集；宋代人编撰的《太平广记》，可谓自汉代至宋初野史小小说的集大成著作；清代蒲松龄的《聊斋志异》，创立古典小小说的高峰；现代鲁迅的《一件小事》等，开启白话小小说兴盛的序幕。

近几十年来，小小说之所以大行其道，是与现代生活节奏合拍分不开的。从这个角度来说，小小说是一种最具有读者意识的文体。同时，小小说受到世人的普遍关注，根本原因在于展示出了宝贵的文学艺术价值。当代中国的小小说，继承了从古代神话到诸子寓言、从史传文学到笔记小说的叙事艺术传统，并与各种艺术形式的美学精神相通相融。比如对意象之美和境界之美的追求，就代表着中国文艺美学的主要传统，它是至高的，也是永恒的，也正是小小说艺术的自我要求。

文学创作的成功与否，不能以篇幅长短而论，最终还是看思想艺术上的成就。诸多优秀小小说作品，言近旨远，微言大义，给读者留下了难以磨灭的印象，其艺术含量和思想容量丝毫不逊于中、短篇小说。所以，小小说最能够、也最便于在读者心灵上打下烙印，原因就在于它的精炼和集中，常常呈现给读者引人入胜或发人深思的典型事件，性格鲜明的典型人物。小小说还是"留白的艺术"，把最大的想象空间留给读者，去回味、创造和补充。小小说对语言的要求很高，诗歌创作中的炼字炼意，对于小小说同样适用。

当代中国的小小说已形成气候，成为一种广阔的文学景观。今日，小小说已步入创作成熟期，以特有的艺术魅力丰富着我们的精神生活，也必将在文学史上留下自己的位置。在此，作为一位"小小说人"，我期望小小说作家像苍穹中的繁星那样，闪烁出五彩缤纷的个性之光。

（任晓燕，郑州小小说文化传媒有限公司董事长，《百花园》《小小说选刊》总编辑。）

目 录

1

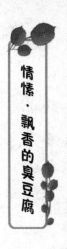

蓝鸽儿和紫荆

津子围

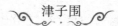

　　蓝鸽儿这几天常跑图书馆,他知道紫荆的姥姥心脏不好,他还知道,紫荆的姥姥相信中医,她已经用了很多西医的方法,结果,只是维持而不能"去根儿"。紫荆对蓝鸽儿说:"都说中医可以去根儿,我姥姥特信!"蓝鸽儿并没有多少中医经验,不过,他十分上心。

　　蓝鸽儿当然不会想到,在去图书馆的路上会发生车祸。

　　蓝鸽儿和紫荆是网上情人,他们从去年春天相识,在网上谈情说爱已经一年多了。

　　在蓝鸽儿眼里,紫荆是二十七岁的少妇,丧偶,单身一人;师范大学毕业,现在一所职工大学当老师。紫荆身高 161 厘米,A 型血,处女座,喜欢古典文学和音乐。紫荆很浪漫,有时情绪化,多少有点保守,常用传统观点看问题……在紫荆眼里,蓝鸽儿是二十九岁的单身男人,离异;理工大学毕业,在一家大型企业任工程师。蓝鸽儿身高 178 厘米,B 型血,喜欢运动,几乎所有与球有关的项目他都喜欢。除了球之外,他还喜欢钓鱼。

　　一年来,蓝鸽儿和紫荆虽然还坚守着不见面的诺言和不介入现实生活等一些游戏规则,可他们真的谁也离不开谁了,每天晚上七点到十点,他们一定要在网上见面,讨论时事、述说思念、倾心关怀。你一句我一句,配合得

十分默契，从拥抱开始，到相拥而眠，一切现实里的活动都在语言里完成了。

在这潮湿而拥挤的城市里，星期一的早晨有很多车祸发生。图书馆立交桥下车祸发生时，伤者的手里还拿着抄写药方的稿纸。伤者叫刘恩铭，造船厂退休副总工程师，今年六十九岁。

子女赶到医院时，刘恩铭的大腿被打上了石膏。

儿子问他想要点什么，他说："把家里的电脑给我拿来。"

儿子知道在医院不能上网，不过，他还是跟护士长提出这个要求："老人退休以后很郁闷，为了调节他的情绪，我就给他安装了一些电脑游戏。开始，他打了一阵子游戏，后来自己就开始上网，从去年春天开始，他的精神状态越来越好，过去严重的高血压、糖尿病稳定了，说了你都不信，他白发根有变黑的迹象……以前，没到大礼拜，他就分别给我们打电话，现在，我们去他那儿，没到下午六点，就赶我们走……"

无论儿子怎么说，护士长都直摇头，说医院的规矩不能破，再说，医院也没有无线网络。

没办法，儿子只好去做刘恩铭的工作。从那天开始，刘恩铭就沉默起来，整天一句话也不说，眼睛里漫溢着无边无际的岁月。

星期一的晚上，紫荆早早地打开了电脑，她事先还编了一个有趣的故事，想等蓝鸽儿来的时候贴上去。

七点到了，蓝鸽儿没来……一直等到十点，蓝鸽儿还是没来。

那一夜，紫荆失眠了。

紫荆给蓝鸽儿留言："你怎么啦？有事情吗？你应该告诉我一声呀。我等你等得好苦！"

第二天，蓝鸽儿还没有出现。

第三天，紫荆写道："哥哥，你到底怎么啦？我开始为你担心了。你不会有事吧？我每时每刻都在盼着你、等着你！"

第四天、第五天……一个月过去了，蓝鸽儿还没有出现。紫荆每天都在

电脑旁等待着，每天都给蓝鸽儿留言。第三十天的时候，紫荆说："你答应我永远不消失的。你快出现吧，我已经坚持不住了……"

那天晚上，财贸学院家属楼来了一辆救护车，医生匆忙上楼，把心脏病急性发作的退休教师姜敏送到了市中心医院。姜老师的女儿在英国工作，她赶回来的时候，姜敏已经上了呼吸机，一直处于抢救状态。

邻居对姜敏的女儿说："奇怪了，一年来，姜老师一天比一天精神，脸上的皱纹也少了。只是没想到心脏病发作了……"

刘恩铭在医院里熬了一个月，回家第一件事就让儿子把电脑架在床前，然后，把自己关在房间里上网。

刘恩铭一条一条地翻着紫荆的留言，泪水逐渐溢满眼眶。

最后一条留言这样写："蓝鸽儿，请允许我再叫你一声哥哥。其实，我知道这一天迟早要来的。尽管我可以找许多理由阻止它，可它总是要来的。也许你已经感觉到了，是的，我的确不是二十七岁的少妇，而是六十七岁的老妪，年龄是虚假的，但请你相信，我的情感是真实的。紫荆也是真实的，不过，她是年轻时候的我，我尝试着重新回到青春岁月，我几乎要成功了……我们在一起的日子里，我忘记了年龄，仿佛已经回到了青春岁月，那种幸福感无以言表……可惜，人不能绝对地生活在精神世界里，我知道，你一定看穿了我，所以才不理我，才消失得这么彻底。我不怨你，真正需要原谅的是我……我对你永远都是感激的，谢谢你，你使我的生命有了色彩、有了意义……"

刘恩铭伴着泪水给紫荆写了一封信，他在信里告诉紫荆，他也不是二十九岁，而是六十九岁的老翁。同紫荆一样，蓝鸽儿也是年轻的自己，而且，感情也是真实的……刘恩铭是那么盼望晚上七点的来临，他想告诉紫荆他出车祸的经历以及这段时间对她的思念。

七点到了，紫荆没来。一直到十点，紫荆也没出现。

从那天开始，蓝鸽儿天天给紫荆写信，天天等紫荆出现，紫荆却再也没

出现。蓝鸽儿如大漠中的一只孤雁,凄厉地呼唤着……

刘恩铭从医院回家两周后,他的血压升高,到第十八天的时候,突然晕倒,再次送到医院,医生的诊断是脑干出血。

刘恩铭被送到医院的太平间。太平间里,姜敏正安详地躺在那里。姜敏是下午三点因心肌梗死去世的。日光灯下,空落落的太平间就他们两人,他们两人都沉落在寂静之中。

如果他们都活着,他们会相认吗?

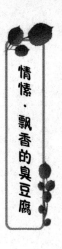
房间里有监控

袁省梅

清明节时,陈静给小可妈妈请假说要回家扫墓。

星期天,陈静趁小可睡着了准备拉箱子走时,小可妈妈挡住了她,看了眼她脚边的箱子,努努嘴:按理说吧陈老师,我们没有权利看你的箱子,可我的睡衣丢了一件,一件睡衣丢就丢了,不值得大惊小怪,可陈老师你不知道,那件睡衣是美国的三姨给我的,也不是说美国货有多好,也就五六千,可是我喜欢那件睡衣,而且还一次没穿过,你说丢了多扫兴。

陈静听出味儿来了,瞬间就恼火了,愤怒了。陈静对小可妈妈说,你怀疑我?说着她就把箱子里的东西左一件右一件地往外扔。最后,干脆把箱子提起来,哗地一下兜底倒下。

小可妈妈扫了一眼地上,扭身进了卧室,叫陈静进来看,冷冷地说,也不是我乱说乱找,前几天你来过我卧室,视频里有。前几天,陈静确实去过小可妈妈卧室,是小可的皮球滚了进去,她把球捡了就出来了。陈静还没说话,就看到屏幕上的她。她的脸一下火烧般灼烫。她没想到小可家安装了视频,而且,她的卧室也有摄像头,她在房间换衣服、睡觉、跟孩子游戏,视频上都有。陈静想这个视频小可妈妈看,小可爸爸看,爷爷奶奶呢,也会看吧。她张张嘴,不知说什么好,好像自己做了见不得人的事般心跳得纷纷乱,眼

泪倏地流了出来,喊了句,你太欺负人了!拉着箱子跑了。身后,小可醒来后喊她的声音尾巴样追了出来,可她没有停下脚步。

清明节过后,她回到家政公司,她还没说话,主管说,我都知道了,这种事情不奇怪,那么小的孩子在你手上,家长怎么放心,对吧?只是你单方面毁约,工资会受到影响。陈静说,无所谓。其实呢,陈静说无所谓的时候,心里一直想着小可,每天她都想着小可。小可不是她带的第一个孩子,却是她带得时间最长的。小可刚生下来,她就过去了。小可挑食,吃饭得哄着,喜欢喝果汁,睡觉不老实,爱蹬被子,胆小,喜欢棉布碎花衣服,喜欢听小动物故事,喜欢合欢花的香味儿……再去的保姆,几时才能了解这些啊,就是小可妈妈,白天上班,晚上也不叫孩子跟她睡,跟孩子玩一会儿,就叫她带出去,对孩子也没有多少了解。

你这不是闲操心吗?张姐笑她,叫她以后遇到类似的家长,一定不要客气。她这是侵犯人权。张姐说,咱凭辛苦挣钱,又不是白拿,凭啥受他们侮辱,何况你是有幼师学历的,不怕找不到工作。

陈静是幼儿师范学校毕业,分到一家企业幼儿园,工作没两年,企业倒闭了。陈静不去想那些。她在想小可,小可该喝果汁了,春天天气好,喝完果汁,该带孩子去楼下的小公园晒晒太阳,看看桃花,还有小草小虫,也要教孩子认认。或许就是因为她的经历,她一直认为,她们不是单纯意义上的保姆,她们整天跟孩子在一起,是孩子的家庭教师。在公司,主管也称她们是老师。主家呢,也唤她们老师,孩子们也唤她们老师。可她知道,对她们来说,这不过是面子上的客气,内心里,每个人都当她们是保姆,是伺候人的人,可以随意呼来唤去,甚至可以随意辱骂。比如小可妈妈,竟然在房间装了探头监视她。

主管劝陈静再想想,小可妈妈等她回话。原来是小可妈妈请求主管劝陈静再回到她家。

陈静还没说话,手机响了,一接,是小可。小可哭着陈阿姨陈阿姨地喊她。陈静的眼泪哗地流了出来。小可妈妈在一边说，陈老师，对不起，以前是我不对。为了小可，请你回来吧。张姐凑在电话上说，不能招之即来挥之即去吧，你得给个说法。一旁的姐妹也都过来叫陈静不能答应……

陈静却开始收拾东西。她觉得又不是小可的错，何苦让孩子承受大人间的矛盾呢。

工资呢？

没说。

那视频的事呢？

陈静摇摇头，说：我就是放不下小可。

黄墙上的黑涂鸦

袁省梅

姑姑说，去看看她吧，这么多年了，她不容易呢。

她，是我的妈妈。有多久没有看过她了呢？十八年？二十年？其实呢，自从父亲二十五年前去世后，我就再没有看过她。也不是没有见过，是没有一次我想念她、主动地去看望她。很多时候，都是她来姑姑家，或者是到学校门口等我放学，一见我，就在我头上脸上摩挲，好像是要摸出我头上脸上多了什么少了什么，紧紧地攥着我的手，生怕我跑了似的，给我书包里塞一包饼干或者是两颗果子，嘱咐我好好吃饭好好学习。要回家时，又问我要什么。我不要她的东西也不跟她说话，甚至不叫她一声妈妈。父亲去世没有多久，她就把我留给姑姑再嫁了。可是，没有多久，她又离婚，然后，又结婚，然后又离婚。我恨她的寡情，为她感到羞耻。她一而再再而三的结婚离婚，在小城里已经是家喻户晓的笑话。

姑姑说，她老了，身体也不好，又回到你们家以前的小房子住了。

她住哪儿跟我有什么关系呢？妈妈对我来说，只是个称谓而已。

姑姑看出来我心底深埋的恨，不高兴了，说，再怎么说，她是你妈妈。

她是我妈妈，她那么狠心地把我丢给姑姑，我还念她什么好呢？我说。

姑姑说，她有难处，你大了，该体谅她了。你要是不看她去，以后也别来看我了。姑姑的话狠了，说到后来，她竟然哭了起来，我也流泪了。

很容易的，我就找到了我家的那栋楼。二十多年了，我没有来过这里一次，可是，它还在我的记忆里，我的脚还能找到它的路，我的眼睛还记得楼前的那棵合欢树……

我在门前走来走去，举起的手放下，举起，又放下，又举起，轻轻地敲了一下。我想，只一下，若不开，转身就走。我会告诉姑姑，我去过了。可是，门开了。好像是只轻轻地一碰，门就开了。门里，站着一位老人，干黄枯白的头发蒿草般，虚胖的脸又苍白又衰老。过去的光阴呼啦啦地在我眼前展开了：年轻鲜亮的妈妈，爱说爱笑的妈妈，会织小手套、炸鸡翅的妈妈……这个，是我的妈妈吗？妈妈看着我，笑了一下，嚅嚅嘴唇，想说什么，却没有说出来。我看着她，愣怔着，也没有说话。好半天，妈妈才说，回来了，桌子上有苹果，洗洗手去吃吧。她说得很轻很随意，好像是我们不是好多年没有这么正式地见过，好像是我天天都在家，眼下，不过是一个平常的回家，跟下班回来一样，跟周末回来一样。我看见妈妈转身时，擦了一把眼睛。我咬住牙，还是没有说话，默默地，跟着她走进了房间。

房间里的沙发、衣柜、桌子，都是以前的。就是那张照片，三个人的，照片上是年轻的爸爸妈妈和一个八岁的男孩子，还在床头挂着。我悄悄看了她一眼。她也正好在看我。当她发现我也看她时，她的眼光就像受惊了般候地躲开了，两只手抓握在一起，不停地揉搓着，嘴唇哆嗦着，说，你吃苹果，我包饺子去，你爱吃的莲菜馅。

我不想吃她的饺子，准备走了。我想我可以给姑姑一个交代了。我站起来要走时，门后墙上一幅画牵住了我。画的是一棵大树，树干的左边画了枝条叶子，叶子也许是绿色也许是黄色也许是红色，现在，那绿也不鲜明了红也不艳丽了，黄呢，也不光灿了，灰的尘土浮在上面，一切都是模糊的样子。树干也掩在灰黄的尘埃里，看不分明了，可仔细去看，还是能看见树干的右边画了一道一道的横线，横线旁还写了字。这些字像神灵一样招呼着

我，催着我伸出来手指。等我轻轻擦掉横线上的灰，字就倏地跳到了眼前：137cm，小宝九岁。几乎是一点儿也没有迟疑的，我用手又擦去一大片灰，又出现了几个数字——139cm，小宝九岁八个月；132cm，小宝八岁；128cm，小宝七岁半……我把树干上的灰擦得干干净净，那棵"树"就在我眼前渐渐挺拔粗壮起来。我觉出了眼里的异样，泪水终于流出来了。

以前，老用干抹布擦，这两年，我的手……前些年刷房子时，我说咋刷也不能刷掉我小宝的成长树，等他回来了，让他看，等他有了儿子，让他儿子看。她站在我背后，小心地说，还记得吗？我想……留个纪念……我咬着牙不说话。

她悻悻地出去了。我仰靠在沙发上，任眼泪顺着眼角流到耳朵里。时间的风吹到耳朵，如同列车在黑而深的隧道里穿行，轰隆隆响着远去了。饺子的香味在房间缭绕，我没有动。我像小时候那样，等着妈妈喊我吃饭。

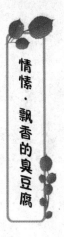

白音胡硕的冬天

何君华

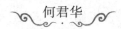

道尔吉老人的牛粪让人偷了。

说偷其实也不准确,因为牛粪并不是道尔吉的牛下的。但这堆牛粪道尔吉老人是围了石头的。围了石头,那这牛粪就是道尔吉的了。

白音胡硕草原上人人皆知的规矩是,一堆牛粪一旦被一圈石头围起来就表示这堆牛粪有了主人,别人是不可以捡的。

是谁破坏这个老规矩的呢?真是个不道德的家伙。道尔吉老人在心里骂道。

每年只有捡满十车牛粪才能熬过白音胡硕长达六个月的寒冬,可如今家里只有九车,上哪里再捡一车呢?

面对空空如也的勒勒车,道尔吉老人决定把这个偷牛粪的人找出来。

抽完一锅旱烟后,道尔吉心中已经有嫌疑人了。

这个嫌疑人就是阿古拉。

道尔吉的怀疑是有道理的。阿古拉是前几天才搬来嘎查的,只有他没有圈牛粪。没有圈牛粪,怎么生火点炉子?怎么熬过这个刺骨的冬天?所以只好去偷了。

道尔吉老人推着空空如也的勒勒车径直走向了阿古拉家。

阿古拉倒是爽快，当即便承认他在乌兰牧场捡了一车干牛粪。"实在抱歉，我不知道白音胡硕草原上的规矩，不知道牛粪被围起来就不能捡。"阿古拉说着就要把牛粪往道尔吉老人的车上装。

道尔吉老人却制止了阿古拉。

阿古拉的牛粪是在乌兰牧场捡的，但他的牛粪却是在巴音牧场丢的。

事情弄清楚了，阿古拉的确偷了一车牛粪，但他偷的不是道尔吉老人家的，而是别人家的。

一个很简单的解释是，阿古拉偷了某人的一车牛粪，那人眼见自家的牛粪被偷，只好去偷别人家的牛粪，那被偷牛粪的人家也只好去偷下一家的。这样偷来偷去，最后道尔吉老人家的牛粪丢了。

如果是这样的话，阿古拉作为破坏规矩的始作俑者，导致道尔吉老人牛粪被偷的过错还是在他，他这一车牛粪还给道尔吉老人也没有错。

道尔吉老人却不收。他抽起一锅旱烟，回头对阿古拉说："我前几天去了一趟赛罕牧场，发现那里还有些牛粪没有人围。就是远了点儿，从这里往北，大概十里路，你抓紧时间去捡回来吧。冬天没有牛粪怎么能成？"

这些牛粪是道尔吉老人原打算自己去捡回来以备不时之需的。现在，他决定让给阿古拉。

阿古拉连声称谢，连忙推起勒勒车往赛罕牧场走去。

伟大的成吉思汗曾经说过："牧场不能一人独占，所有的牧民一起放牧牛羊它们才会肥壮；美酒不能一人独酌，所有人一起畅饮才清香。"这句话道尔吉老人是突然想起来的，像灵光一闪的念头毫无防备地钻进脑海里。道尔吉老人咂了咂嘴，又燃起一锅旱烟叼在嘴里，推起嘎吱作响的勒勒车朝家的方向走去。

道尔吉老人抬头看了看天，西天边的云彩不知什么时候已经偷偷变成了乌黑色，一场大雪看起来正准备漫卷而至。

"谁说九车牛粪就一定熬不过冬天呢？我偏要试试。"道尔吉老人在心里说。

送你一匹马

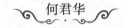

何君华

　　"下午两点之前到这里等,我两点钟肯定到。"从希仁花旗到阿尔乡的长途班车司机信誓旦旦地跟我说。

　　这位班车师傅长着一双结实有力的臂膀,还有一副看上去值得信赖的面孔。这让我放心地从白音胡硕下了车,我的第一次校外写生就这样开始了。

　　白音胡硕草原是我一位名叫那日苏的老师的故乡。那日苏老师给我们讲课时每次都毫无例外地要提到它,提到它惊心动魄的美,根本无法用语言描述的美。他只能用手中的画笔尽可能地去描摹它。即使是这样,他认为也根本无法将白音胡硕草原的美展现出万分之一来。相比白音胡硕草原真实的美而言,他手中虚妄的画笔是拙劣的。

　　我不止一次见过那日苏老师的画,一幅幅整齐地摆放在教学楼三楼的画室里。那是一整片几乎要从画布上流淌出来的苍翠欲滴的绿色,像海洋一样一望无际。那惊心动魄的绿色就像振翅飞来的苍鹰一样逼近你,击中你,俘获你。我从未见过这样的色彩,也从未感受过这样令人震撼的力量。而这样波澜壮阔的色彩,仅仅是白音胡硕草原的万分之一,你让我如何不对白音胡硕草原心生向往? 于是就在这个周末,我背上我的画具兴冲冲地出发了。

白音胡硕草原离希仁花旗有九十多千米，像一颗绿翡翠一样镶嵌在希仁花旗到阿尔乡的公路旁。刚刚踏足这里，我就想起了那日苏老师那一遍遍不厌其烦的赞美。这里果然是人间天堂，我相信即使是人世间最残酷的心灵也会被它的美丽俘获。

我打开画板，无数激动人心的线条从我的笔下流淌出来。它们起伏不平地出现在我的画纸上，像一场大雨后探头探脑的蘑菇一样从草丛里钻出来，从花丛里冒出来。

在这样的状态里，我很快就忘记了时间。在这样的状态里，我无法不忘记时间。等我想起下午两点必须赶上班车回希仁花旗这件事时，时间已经是下午三点多了。我沮丧地在公路旁站了许久，像每一个初次出远门的人一样手足无措。长生天之下，长生地之上，只有我孤零零的一个人。

在这四野无人的茫茫草原，在这人生地不熟的荒郊野外，我感觉自己成了世间最孤独的人。终于，在我几近绝望的热盼中，远方出现了人影。一个上了岁数的牧羊人赶着他的羊群从远处走了过来。

"找一匹马，骑着它去希仁花旗。"当我试图向牧羊人打探如何尽快去旗里时，这位蒙古族老叔给了我这个荒唐的建议。

看着蒙古族老叔严肃认真的表情并不像是在开玩笑，我只好问道："这荒郊野岭的，我上哪里找马去呢？"

"哪里都有，哪家哪户都有。"蒙古族老叔说。

说得轻巧，谁愿意借一匹马给我这样一个陌生人呢？蒙古族老叔见我愁眉苦脸，看出了我的心思，于是继续说道："小伙子，上我家吧，骑我的马。"

蒙古族老叔的话使我大吃一惊。我这是交上了多好的运，才会遇上这么好心肠的人呢？同时，一连串的疑问也在我心底不断地泛起。蒙古族老叔怎么会这么爽快地把马借给我？我骑走了马，该如何把马还给他？

我说出了我的疑虑。

蒙古族老叔哈哈大笑，说道："你到了县城，拍拍马背，马就知道回家了，它认得回家的路。"

我还是充满疑惑:"你就不怕我偷走你的马吗?"

蒙古族老叔不解地反问:"为什么要偷呢?家家户户都有马啊。你看我的邻居,老毕力格,他去巴音旗走亲戚已经十天了,他家的马还拴在门口呢。这几天都是我替他喂草饮水,不就是为了方便来往的人骑马赶路吗?骑上马就走,到了地方一拍马背,马就自己走回来。"

"可是,你真的不担心马被偷吗?"我惊讶道。

"哈哈哈!"蒙古族老叔又发出一阵爽朗的笑声,接着说道:"马都认得路,老马识途,你偷不走的。你偷走了它终究也能自己找回家来。"

我简直无法相信自己的耳朵,白音胡硕草原上竟然还保留着如此不可思议的风俗。很多年后,我所在的城市终于要开始规划免费的公共自行车出行系统。我想,这不就是最早的"公共出行系统"吗?蒙古族人早就有了这样的传统!

白音胡硕草原的那次借马是很久之前的事了,我至今记忆如昨。自那之后,我再也没见过那位蒙古族老叔,也无法知晓送我的那匹马是不是走回了家,但我在心底相信它必定回到了家中,因为它的脊背是那么坚定有力,还有许多像我这样落难的路人等着它送一程。

我是你爸爸

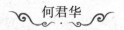

何君华

大别山的每个孩子都盼着过年，韩小年却不盼。非但不盼，韩小年甚至有些害怕过年。

别人的爸爸从深圳回来，从东莞回来，或是从宁波回来，都要给孩子买新衣裳，买玩具气枪，买冲天炮。韩小年的爸爸慢吞吞地从广州回来，也给韩小年买新衣裳，买玩具气枪，买冲天炮。这些都是韩小年喜欢的，但他心里却没有因此而喜欢上过年。

韩小年今年六岁了，但在他的印象中只见过爸爸两次，或者三次。具体是几次记不清了，但他记得清清楚楚的是，每次见到爸爸时，他都要被爷爷奶奶拉出来站在他面前怯生生地喊"爸爸"。

这就是韩小年害怕过年的原因，面对眼前这个极陌生的人，"爸爸"两个字他实在喊不出口。

喊不出口的原因只有韩小年自己知道。

比如说过生日吧，别的小伙伴的爸爸都会给他们买礼物，书包啊文具盒啊什么的，但韩小年的爸爸却从来没给他买过。每次他过生日所能得到的，只有奶奶煮的红鸡蛋。

爸爸不仅从来没给韩小年买过生日礼物，甚至也从来没陪他过过生日。

韩小年的生日就是小年那天,离过年已经很近了吧,可爸爸非要蹭到大年二十八九甚至是大年三十才肯动身从广州回来。韩小年想不明白的是,广州有什么好的,广州也有会吐泡泡的泥鳅鱼吗?

韩小年在学校被同学们讥笑是个没有爸爸的人。韩小年不服,可是又没法证明给他们看,他知道爸爸不可能从远得看不见影儿的广州跑回来,仅仅就为证明他的存在。韩小年只好垂头丧气地一个人走在放学的路上,好像他真的是一个没有爸爸的人一样。

时间久了,韩小年便习惯了"没有爸爸"的日子。在大别山这幢足够气派的二层楼房里,每个夜晚韩小年都是一个人孤零零地睡去,从来不会有人在睡梦中为他掖好掉下床的被子。"爸爸"这两个字在他的生活中从来不会出现,现在非要他喊出口,他怎么喊得出来呢?

如果说往年韩小年喊不出口的原因是胆怯,那么今后或多或少还带着一些气吧。

韩小年一动不动地站在那里,脸憋得通红,但嘴里却挤不出一个字。

韩小年不知道的是,他的爸爸韩强生搞到火车票时已经是腊月二十九,心急如焚的他连饭也没顾上吃一口就挤上了回家的火车。他在水泄不通的火车上站了整整二十个小时,心里热切盼望的第一件事就是亲眼看看自己已经一年没见的宝贝儿子,亲耳听他喊一声"爸爸"。

"小年,我是你爸爸,别怕,快过来叫爸爸!"韩强生满脸微笑地看着韩小年。

韩小年却不抬头看韩强生,嘴唇仍是一动不动。

"老子在外面累了一年,想不到回来你连一句爸爸都不肯叫。快叫!"韩强生突然一把将韩小年拽到跟前,歇斯底里地冲他大喊了一声。

韩小年"哇"的一声哭了出来,哭得格外伤心,也格外久,久得就像这年三十的鞭炮声一样,仿佛永远不会结束。

只是这哭声相比热烈的鞭炮声显得太小,很快便被淹没了,丝毫也不会引起欢庆新年的人们注意。

老爱情

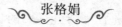

张格娟

秋天的头茬儿阳光，嫩生生地洒遍了村庄。

爷爷手拎着一把镰刀打算出去割稻子，临走悄悄往衣兜里塞了一个小酒瓶。

奶奶手里拎着个罐头瓶子，瓶里盛着刚刚熬好的罐罐茶。她在厨房刚好看到爷爷的小动作，没有揭穿他，自言自语地说："这棺材瓢子，总忘不了喝那个猫尿。"

奶奶说话时，嘘嘘地漏着风。她的牙齿多数已掉，只留下两三颗门牙坚守阵地。

那天，爷爷和奶奶一起出门割稻子。满地全是黄灿灿的谷穗儿，招来了一群馋嘴的麻雀。

奶奶拍了拍身边的稻草人，说："让你看个稻子，都看不好吗？"

爷爷听着乐了，这言语，哪里像在嗔怪稻草人呢，便从地上捡起一个土疙瘩，朝着麻雀集中的地儿扔过去，还没来得及喊一声，那些麻雀拍打着翅膀飞远了。

爷爷弯着腰，用劲儿割着成熟的稻子，稻子一溜儿顺势倒下。奶奶在爷爷身后，捡起一绺儿长的谷秆儿，拧成一根绳子，一排排打着捆。

爷爷趁奶奶不注意，悄悄地拧开了小酒瓶，抿了一口小酒儿，浑身舒坦地抖了两下。

奶奶拧着谷秆儿，笑眯眯地说："又往你那个老鼠窟窿眼儿里倒猫尿了？"

爷爷满足地说："喝点儿舒坦。"

奶奶踮着脚，越过一个个谷茬，给爷爷端来罐罐茶："大秋天的，喝这个带劲儿。"

爷爷接过奶奶的茶，满脸的褶子里都荡漾着幸福。

奶奶从兜里掏出个"戏匣子"，那是孙子从外地给她买回来的。她双手抱着侧放在耳朵边试了试，拧了一下开关键和音量键，对爷爷说："又到播秦腔的时间了。"

爷爷赌气般说道："又听孙存蝶《拾黄金》，都听八百遍了，还听！"

奶奶扑哧一声笑了："看把你老棺材瓢子酸的，我就喜欢听孙存蝶。"

爷爷说气话："你怎么不早嫁了他呢。"

奶奶气也涌上来了，说："早想嫁呢，可惜人家不认识我。"

"我就说嘛，你再热乎，还不是剃头担子一头热？"说完，爷爷抢起镰刀割稻子，稻子又一排排顺势倒下。

奶奶生气了，一生气便不理爷爷，还故意将"戏匣子"的声音放大。

其实爷爷也爱听秦腔，他是见不得奶奶那个迷恋劲儿。

爷爷累了，坐在田埂上，摸出小酒瓶儿，仰起脖子，"吱儿"喝了一口，偷偷瞅了一眼奶奶。他是在等着奶奶说"又往你那个老鼠窟窿眼儿里倒猫尿了"呢。

奶奶却憋住了劲儿，绷着脸不言语。爷爷知道，奶奶是真的生气了。

爷爷悄悄走到奶奶身后，背过身子撒了一泡尿，侧着头，想让奶奶说点啥，奶奶依然不声不响。

爷爷把红色的裤带儿绑紧后，惊慌地说："哎呀，蛇，有蛇！"

奶奶听到蛇，一下子跳了起来，问："蛇，蛇在哪里？"

爷爷乐得哈哈大笑："丫头片子，这不还是说话了吗？"

奶奶知道自己上当了，用手去捶爷爷。

爷爷攥住奶奶的手说："丫头片子，歇会儿。人老喽，不中用了。"

爷爷这么一说，奶奶也感觉到腰有些酸疼。

这爷爷奶奶，老了老了，却有点儿不正经了。爷爷叫奶奶丫头片子时，奶奶心里其实是受用的，心里头喜欢着，嘴上却说，这老不正经的。

爷爷从来不在儿孙们跟前这样叫奶奶，爷爷叫奶奶"老不死的"，奶奶称呼爷爷"老棺材瓢子"。

爷爷和奶奶还偶尔斗嘴。斗得狠了，奶奶就踮着脚儿，腋下夹个小包袱，拄着拐棍儿，气鼓鼓地说："我走了，留你老棺材瓢子一个人清闲去。"嘴上这么说着，心里却在等爷爷拦住她。

可爷爷偏不，只慢悠悠地说："老不死的，走就走，谁怕你走了不成？"爷爷捋着胡子，将白亮亮的小酒盅端起，又"吱儿"抿一口。

孙子们对爷爷说："爷爷，我奶奶说她真走了。"

"让她走，走了五十多年了，一辈子不是还在嘛。"爷爷知道，奶奶其实是想女儿了。

奶奶在姑姑家住一两天，就不停地念叨开了："二丫儿，老棺材瓢子最近还好吗？我昨晚梦见雪下得挺大的，天地一片白了。"

姑姑知道奶奶惦念着爷爷，就将奶奶送了回来。爷爷笑着，站在房门前迎着她。

闲着没事的时候，爷爷和奶奶就讨论谁先走谁晚走的问题。

爷爷说："丫头片子，我比你大，应当走你前头。再说，我比你劲儿大，据说阴间地皮也金贵着呢，我提前去给咱占地儿，等你来了，咱还是两口子。"

奶奶唏嘘着，将嘴一扭说："老棺材瓢子，阳间的罪我还没受够吗？到阴间我不找你，我找个唱秦腔的，给我解闷儿。"

爷爷不满地撇一下嘴说："就那么个秦腔小生，让你记了一辈子啊！"

奶奶又抿着嘴不说话了。爷爷知道，他又犯了忌。据说，奶奶年轻的时候，在县剧团唱秦腔花旦，认识了一个唱生角的小伙儿。可太姥爷不同意，硬是将奶奶从剧团拉了回来，许给了爷爷。

爷爷从来不在奶奶跟前提这个人，这老了老了，醋劲儿怎么还大了呢？

爷爷见奶奶又不说话了，笑呵呵地说："丫头片子，脾气比年轻时还大了，我不过随便说说嘛。"

奶奶又绷不住，笑了。奶奶说："我走，就走在你前头，留下我一个人活在世上，多寡淡。"

日子像水一样一点儿一点儿淌过去了。

爷爷还真走在奶奶的前头了，奶奶变得越发沉默了。家里的供桌上，爷爷在照片里总是笑呵呵的样子，奶奶隔三岔五地对孙子们说："如果去城里，给你爷爷打些好酒。"

孙子们笑着问奶奶，怎么不说猫尿了。奶奶抿着嘴说："老棺材瓢子喜欢喝，就让他喝吧。"

奇怪的是，奶奶那么爱听秦腔的人，自从爷爷去世后，不再听戏了。她把"戏匣子"锁在柜子里，再也没见拿出来过。孙子们都说："奶奶，你一个人无趣，就听听戏呗！"

奶奶说："老棺材瓢子不喜欢。"

面　具

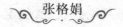

张格娟

我的老家在一个封闭的小山村,我和夏红是一起长大的玩伴儿。

她八岁那年,她爸爸误伤了人,被判了五年,进了监狱,她妈妈丢下夏红,改嫁到了西安。

夏红小学毕业之后,便再也没有上过学。但每次寒暑假,我们依旧在一起玩耍。用我妈的话说,两人好得穿一条裤子都嫌肥。

夏红对我是极好的,她经常舍不得吃自己从山上摘来的野果子,无论如何也要给我留着。

我刚上大一的时候,收到夏红的一封信。她的字儿也写得歪歪扭扭的,看到那个信封,我都不好意思当着同学的面拿出来。我悄悄地在卫生间拆开来看的,我是怕同学们笑话我,竟然有这样的朋友。

她说,有人给她介绍对象,是邻村的牛旺,在上海打工,做建筑工人的。

我只给她回复了短短几行字,建议她认清现实,看对方人善良嫁了算了。

夏红的第二封信紧接着又来了,她说,她想外出打工,奶奶和爸爸死活不同意,并为她订了婚,可她还是想出去闯一闯。

我回信劝她还是不要好高骛远,留在农村结婚生子,这才是一个女孩子

的正道。再说了，外面的世界并不如想象的好混，一个小学毕业生，没有一技之长，在大城市里很难混的。

大学毕业后，我回到了 B 市，考取了一个事业单位的文员，每天过着朝九晚五的生活。后来，结婚后，我和老公贷款买了一套房子，每个月要还房贷，日子也过得紧巴巴的。当然，也和儿时的玩伴夏红失去了联系。她过得怎么样，我也不得而知了。

有一天，一个早早进军房地产的大学同学丁丁到 B 市出差，他非得请我们几个老同学去做足疗。对于足疗，我都是在网上看到的信息，某某足疗店从事色情服务，被警方查封了之类的。我从心底里有点儿看不起足疗店里的女工们，我印象中她们干的都是不正当的营生。

丁丁见我态度扭捏，嘲笑我土鳖。他说："做足疗有助于释放压力，让人放松，是现代人生活方式的一种。"

我从心底"哼"了一声，心里在默默地想，谁知道你们这些男人在足疗店干着什么见不得人的勾当呢！

我们选了一个四人的大包间，进来几个穿工作服的姑娘，她们每人都端着一个木盆。

我一眼就认出了夏红，虽然她比过去白了许多。我赶紧躺下，顺手从旁边的茶几上拿过一本杂志，把脸挡着，假装在阅读。

我在心里默默祈祷，希望她去给别的同学做足疗。

可谁想，她径直走到我的床前，说："您好，我现在开始给您做足疗，如果有什么不舒服，您就尽管说！"

"嗯。"我从鼻腔里挤出的声音回答她。

她非常认真地给我捏脚，不住地对我说，脚有什么穴位，各自对应人体的哪个脏器。

我怕夏红难为情，她可能也怕我认出她来吧。好吧，那都装傻吧。

大约过了四十多分钟，夏红给我按摩完脚底，说："我给你踩一下背吧！"

"行!"我打算直接翻过身去。

结果,夏红却问我:"格娟,你认识我吗?"

我故意睁大眼睛看着她说:"啊,怎么是你呀?我一直在看书,真没想到是你!生活过得不好吗?"

夏红轻轻地笑着说:"还行吧。"

"你怎么做起这个呢?"我有点儿同情她。

"这个除了辛苦点儿,凭着手艺吃饭,收入也不错呀!"夏红没有任何的难为情。

"可你……这个传出去不好听啊!"说实话,我有点儿鄙视她。

"那是你不了解我们这行,你可能被那些负面的新闻误导了。我们这行,大多数还是很正规的——忘了告诉你,这个健康足疗店是我和我老公开的。我们这里很干净,不允许给客人提供任何色情服务的。如果今天不是人多,技工们都在上钟,我一般不会给客人洗脚的。"

"哦!"

夏红说:"知道你每天写作,坐的时候很长,颈椎不好吧?我来给你按摩一下颈椎,让你放松一下。"

"你怎么知道我现在写作呢?"我茫然地看着她。

"我不但知道,你的每一本书我都买了,我还说哪天找你给我签个名呢!"夏红的坦诚让我在心底鄙视了一下自己。

我终于撕下了自己的面具,在夏红给我提拉肩部的时候,有几个屁毫无防备地跑了出来,很响。

圆

张格娟

"大鹏，妈不见了！"妻子在电话那边焦急地说。

"什么？你没把门锁好吗？"一听见妈不见了，我的头嗡一下大了好多倍。

"门锁得好好的，我进厨房做一顿饭的工夫，妈就不见了。"妻子很委屈。

"那应当没有走远，你先在小区附近找找看，我马上就到。"说马上就到，又何尝容易呢？我单位离小区十五站路，而且现在正是下班高峰期，街道上人群、车流像搬家的蚂蚁般穿梭着。

说句实话，我手头的事情已经让我够闹心了。我的策划方案又被总监批了个狗血淋头，他让我重新修改，晚上十二点之前必须发给客户，而且那个客户也是个难缠的主儿，都是大爷呀，不伺候好行吗？现在我妈又不见了。

老妈现在八十九岁了，这两年出现了小脑萎缩，出门总是记不得回家的路。没办法，我给妈衣兜里做了很多小卡片。上面写着我们小区的地址和电话，有好几次都是好心人给送回了家。

可是这次，似乎没有那么幸运，妈还是没有找到，偌大个城市，找到一个人和大海捞针差不多。

我和妻子分头已经跑了十多条街道了,还是没有找到。找到了辖区派出所,他们说,二十四个小时之内不算失踪,必须得过了二十四小时才能立案。

终于,在一个小巷子的角落里找到了冻得浑身哆嗦的老妈。

老妈看见我,像孩子一般一把抱住我,哭得呜呜地。

我所有责备的话都没法说出来了。

我只是拍拍妈瘦弱的肩膀说:"妈,不哭,咱回家。"

我们回家时,已经是半夜两点多了。

妈这种情况,已经持续半年多了,半年之内,她已经走失五六回了。

妻子就和我商量,要不,找个保姆。可是,保姆换了三个,都和妈处不来。

那只好把妈送到老年公寓。

周末,我和妻子去考察了几家老年公寓,只有一家比较满意,但是,人家有一个条件,就是生活能够自理,意识清楚。

在去老年公寓的路上,我就教老妈:"妈,人家问你家住在哪里,你就说幸福花园小区。问你多大年纪了,你就说八十九岁。"

我问妈记住了吗。

"记住了。"妈此刻好像明白了。

按程序,测试是第一关,一共六道题,妈只答上来了一道,这道题目是:你儿子叫什么名字?

妈不假思索地回答:"大鹏。"

按人家的规定,妈这种情况,人家是不愿意收的。但是,院长是一个熟人介绍的,说:"像这种情况,只能先试试看,如果不行,再另做打算吧!"

临别时,妈突然间意识到我要离开她,跑过来突然拉着我的手说:"大鹏,咱回家吧! 我不想住在这里,我害怕。"

我们好说歹说,总算把妈安顿了下来。

回家的路上，我一直没有说话，脑海里突然记起了小时候妈送我上学的情景。我那时比别的小朋友发育迟缓，怕老师不要我，妈便教我："大鹏，老师问你几岁啦，你就回答七岁。人家问你家住哪里，你就回答文化局家属院。"

心头涌起一阵酸楚，我对出租车司机说："师傅，掉头，回老年公寓。"

妻子奇怪地问我："怎么又要回去呢？"

我说："别让妈住老年公寓了，再苦再累，我们也要撑下去，这是一个圆，一定得把它画圆。"

妻子还在嘟囔着，什么圆不圆的，我怎么听不懂呢？

爱到天涯海角

万 芊

我们一行五人去西班牙、葡萄牙旅行时，朋友的朋友为我们介绍了一位当地的陪同，说他是一家文化公司管理人员，恰逢休假。当我们从浦东转迪拜的航班飞抵巴塞罗那机场时，那人已在机场等候了。

通上电话，见了面，我们都惊呆了，那是一位身材高挑、举止文雅、相貌标致、肤色白皙的中国姑娘。她落落大方，打过招呼后，自我介绍说，她叫艾娃，西班牙名字。

艾娃为我们开车，开的是一辆老款的大奔。车内收拾得干干净净，拉着窗帘，飘着淡淡的香。艾娃说，这车是我专门找朋友借的。

到了宾馆，艾娃为我们登记。她办事不紧不慢，用西班牙语跟服务台小姐轻声交流着。一会儿，服务生把我们的行李送入房间。六人，正好三间，艾娃很自然地跟我们融入在一起。

开始几天的行程，我们在西班牙，艾娃开着车，一路带着我们游览了巴塞罗那、萨拉戈萨、马德里、科尔多瓦、格拉纳达，一直到塞维利亚。

艾娃的车不紧不慢地开着，我们的行程也不紧不慢。每天，艾娃都尽量安排一两处有西班牙风情特色的去处，带我们慢慢体验。她讲西班牙作家塞万提斯的故事，陪我们去欣赏《卡门》，还专门让我们看了场惊心动魄的斗牛表演。艾娃说，她喜欢西班牙，这样全程旅行，她已走过几次。

几天下来，渐渐熟了，她跟我们无话不谈。她是江南人，读的是北京外国语学院西班牙语，在西班牙读了硕士，毕业后一直在西班牙工作。

我们都好奇，追问她，你这么漂亮的姑娘有没有结婚，多大了？按理说，这不太礼貌，然而艾娃挺直爽。艾娃说，她三十六岁，在西班牙十多年，处了几个男朋友，都分手了。第一任，是她的学长，大陆来的，在她就读的马德里康普顿斯大学做学术访问，人家拼命追她，一次次制造浪漫让她惊喜。她若即若离跟他相处了一段时间。后来，他回国了，那段说不上真正的恋情也就烟消云散了。第二任，开始于七年前，男友来自台湾，比她小两岁，是同一教授带的学弟。在教授家聚会时，他们认识了。学弟高个子，身材与她相配。师母有意撮合他们。他们也相处了一段时间。然而学弟家突然遭了变故，他父亲和哥哥同时遭遇车祸身亡，他只能放弃学业，回台湾打理家族企业。他三番五次催艾娃去台湾，艾娃退缩了，她觉得他俩还没到那情分。学弟坚持了一段时间，多次为她买好去台湾的机票，她都一次次放弃。最终，学弟不再坚持了。之后，艾娃又与一位来自英国的同事相处了一段时间，同事挺绅士的，但最终艾娃还是放弃了。内心的感受告诉她，那并不是她的真爱。

之后几天，艾娃有些沉默。我们不再追问她的私事。艾娃非常细心，安排得挺周到，我们玩得也挺开心。

进入葡萄牙，我们的行程也即将结束，在里斯本待了两晚，我们就要回国了。

那天下午，艾娃说带我们去一个好地方。

我们的车到了亚欧大陆的最西端——罗卡角。面对水势浩渺、水色碧绿的大西洋，是一块离海面一百多米高的巨大岩石。石碑上写着"Onde a terra acaba e o mar começa"。艾娃说，这是葡萄牙大诗人卡蒙斯的名句，意思是"陆止于此，海始于斯"，这是"天涯海角"。

坐在海边大石坎上，艾娃竟主动跟我们讲起了她的初恋。她说，我的初

恋,是在高三,他是我的邻居和同学。我们从小较着劲一起读书,你追我赶,都是全年级公认的学霸。那年,发大水,我们的小区被大水包围,回家得蹚一条水淹的堰基。我们一起回家,我不敢蹚水,是他一手提着我的鞋子,一手拉着我的手蹚过了堰基。他用力拉着我的手,我的心怦怦跳着。

蹚过堰基,在树丛边,他迷离地看着我。我吻了他。那是我的初吻。他一下子变得惊慌失措。尴尬了一些日子,我忍不住给他写了一封信,告诉他,我爱他,真的。

高考,我们都挺出色,我考取北京外国语学院,他考取南京大学。一南一北,我们秘密相处。临近毕业,我们的恋情渐渐明朗,我父母坚决反对。原因只有一个,他父母是编制外的环卫工人。为阻止我们,父母执意把我送出国。他们把房子卖了,把企业迁到了浙江,做得很绝。

临分手那次,我们一起去了海南,在天涯海角,我们相拥而泣,一直到天黑。他说,你即使走到天涯海角,我也爱你到海枯石烂不变心。我说,我们已在天涯海角了,我们只能回到岸上。他却说,陆止于此,海始于斯,我们有更广阔的空间。我说,海有风浪,会覆舟。他说,为爱,他将一往无前,直至大洋彼岸。

艾娃说,她还是离开了,她记恨她的父母,憋着气,没有回一次国。

听到这儿,我们有点儿诧异,说,上次,我们去海南时,有位朋友的朋友介绍的小伙子跟我们同行。他每年那个时候都要去一次天涯海角,已经去了十多次。他至今没有找过女朋友,一直在等他的初恋情人。他跟我们讲了一个跟你差不多的故事。

艾娃问，那是什么日子？那小伙子姓啥？我们说，那天是鹊桥相会，那小伙子姓秦。

艾娃沉默了。

第二天，按原计划，送机场后，艾娃独自开车回马德里。艾娃把车停妥后，竟然跟我们一起坐上同一航班。我们都在疑惑。艾娃说，她要回国。昨天我们说的小伙子，就是她的高中同学。为了见他，她一次又一次地办签证，一次又一次地犹豫着。这次，她不再犹豫了，她要去找他。

学　步

万 · 芊

　　黎丽一直不敢回想那个不堪回首的风雪除夕夜，开车回老家过年本已是他们无奈的选择，怎料想，当疲惫的他们见到自己村头的灯光时，小车却被一辆从山坡上冲下来失控的拖拉机撞下山坡。随着小车的翻滚，黎丽顿觉天昏地暗，而当她在急救病床上迷迷糊糊醒来的时候，天确实真的塌了：丈夫和她自己的左腿已经永远地离她而去了。

　　体弱的她弱弱地问一声医生：我肚子里的还在吗？看着如此虚弱的黎丽，医生也只能说，我们尽力吧。

　　遍体鳞伤的黎丽最终让自己坚强地活了下来，她在医院里躺了整整三个月。医生终于肯定地对她说：你肚子里的小宝贝保住了。

　　坐着轮椅，挺着渐渐大起来的肚子，黎丽重新回到了先前创业的鹿城，硬着头皮独自打理起丈夫撂下的一个不大不小的摊子。黎丽的肚子一天天鼓起来，公司却整天有她忙不完的事。就在黎丽觉得实在支撑不下去的时候，孩子降生了，那是一个有着两条肉嘟嘟美腿的小男孩，像一个小天使，赐给了处在绝望边缘的她。黎丽给儿子取名重生。久久地看着儿子乱蹬的双腿，黎丽的心化了。

　　没有左腿的黎丽，只能坐着轮椅，两头忙碌，儿子、公司，哪一头都不敢有一丝疏忽。

　　儿子一天天长大，黎丽有些着急，同龄的孩子大多会走路了，而她的孩子还不会走路，只会围着她的轮椅爬行。黎丽知道，要让儿子跟其他孩子一样学会走路，只有她自己先丢掉轮椅，重新学会走路。

　　黎丽去了上海最大的义肢公司，为自己定制了一条义肢。只是二十多斤重的义肢装上后，要顺利走路并没有黎丽想象的那样简单，残肢与义肢摩擦的地方是她连着心的还没有长结实的皮肉，站起来稍一用力，便钻心地疼痛。咬着牙，黎丽让自己站着，即使挪不动步子，她也要让自己坚持站着、挪着。没多久，残肢上的皮肉绽开了，血肉模糊。抹了消炎药膏，她还站着、还挪着。站了整整一个月，皮肉烂了，又长了新的。新的皮肉渐渐成了痂又成了茧，先是薄薄的，后来渐渐地加厚。扶着墙，黎丽从头开始学走路，一次次摔倒，一次次忍着剧烈的疼痛站起来。

　　黎丽丢了轮椅，儿子也渐渐习惯不在地上爬行。一个月后，站立的黎丽，已经能够腾出一只手，把儿子从地上拉起来，拉着让他站立，拉着让他学挪步。终于有一天，儿子不知不觉中放开了拉着黎丽的手，自己挪了几步。黎丽惊喜万分：儿子竟然会挪步了。儿子会挪步，进步很快，黎丽又跟不上儿子了。为了跟上儿子，儿子睡觉了，黎丽不睡，她一次次逼自己，儿子能挪几步，她一定要在儿子睡觉醒来时也能够挪几步，然而站得久了，即使有了老茧，皮肉上又磨出了鲜血，钻心地疼。

　　只是儿子走路愈来愈老练，蹒跚着已经能够从这一垛墙走到另一垛墙了。黎丽却无法做到，即使她非常努力，也只能挪几步，中间还得放张桌子，扶一下、接一下力。

　　儿子终于能够很随意地走路了，黎丽却做不到。有儿子做榜样，黎丽一直努力着。

　　一年后，黎丽也终于能够自己走路了，不再用原先的轮椅。在屋子里，她慢慢地走动。出了门，她能走向小车开着去公司、去超市。只是，她一直

无法和儿子比。有一回,儿子拉着她的手,跟她说,妈妈,我们来比赛跑步吧。黎丽犹豫了一下,兴致勃勃地响应儿子。儿子跑起来,一扭一扭的,一下子就把她落下了。黎丽努力着,尽力跑动起来。一会儿,儿子带着笑声跑到了目的地。黎丽却还在艰难地跑着。儿子欣喜万分,高喊:妈妈,我第一名!

妈妈跑着,开心地笑着。只是那天,黎丽接触义肢的皮肉又磨烂了,可黎丽觉得心里暖暖的。儿子不仅学会了走路,还会跑了。

儿子重生一天天长大,已经到了认字画画的年龄,特别乖巧。

有一回半夜里,黎丽被儿子的声响惊醒。儿子惊讶而恐惧地看着缺了一条腿的黎丽和奇怪的假腿。

黎丽问,重生,你怎么啦?

儿子说,妈妈,你的腿到哪里去了?

黎丽说,它不听妈妈的话,自己走丢了。

重生又说,那爸爸是去找你的腿了,是吧?

黎丽的心猛地酸酸的,眼泪强噙着,点点头。

重生很天真地说,我知道了,等我长大了,我去把爸爸和你的腿找回来。

黎丽一下子抱住儿子,眼泪涌了出来。

自此,每天傍晚时,儿子总拉着黎丽在小区的人行道上走一圈,一边走一边小心地帮黎丽看着路。有时有人问,重生就告诉人家,我在帮妈妈学走路呢。

暖

庞　滟

只穿一件单衣的小水，满身潮湿地蜷在座位里，像一条冰面上的鱼，发抖是她唯一能做的事。

小水觉得这个秋天深不可测，长途客车像一艘驶入冰河的海盗船，她听到自己的牙齿在恐惧地哀鸣。车窗外，突然袭来的凄风冷雨，如同父亲留给她的忧伤。

在中途车站，一个身穿苏格兰情调红格衫的男人上了车，后面跟着一个披着男人外套的漂亮女人。男人把女人安顿在前面坐下，他向小水旁边的空位走来。

他强壮如熊的身体占领了小水半个座位，她凉透的胳膊碰到男人散发热量的身体时，没马上拿开。他瞪大眼睛，很专注地看着她。小水赶紧拉开距离，转头看向窗外。她为那些寒风中被劫走外套的树儿们忧伤着。

男人很关切地问小水："姑娘你在发抖，靠窗很冷吧？"

小水抱紧身体，不知如何回答。坐在前排的女人扭过头，嗔怪地说："我穿你的衣服，怎么还冷呢？"顺势用霸道的眼神望向小水——好像生怕这个女孩会抢走她什么。

男人让女人把外套拉紧，安慰她："忍一忍，一会儿就到了。"

小水突然有些悲哀,她像童话里卖火柴的小女孩,需要一点儿热量来暖暖自己,哪怕只有一小会儿。她的心都要冻硬了,再这样下去,非感冒不可,她惧怕打针吃药。

男人低声问小水:"要不,我跟你换个位置?"

"不用了,谢谢。"小水僵得实在懒得动,再说,里外一样冷。

男人不再说话,把全部重心移向椅背,双臂抱在胸前,闭上眼睛。

小水用力抓紧胳膊,想止住落叶一样的抖动。

男人的手臂突然滑过来,半压住她的肩。他好像睡着了。

小水想抽出自己的胳膊。她认真看了一眼身边的男人,他眉头微蹙,明朗的脸上浮出沧桑和疲惫。她突然不想打扰他片刻的安宁,任由那条强壮的手臂安心自由地停放。

男人的手臂,恰如其分地封住了车窗缝隙强灌进来的风。

坐在前排的女人不时地扭过头,目光怪异地看着男人和小水。隔在中间的胖子以为备受她的关注,殷勤地搭讪,女人不想理会他,马上扭正身体。

车在路的坎坷中醉晃。睡着的男人向小水倾斜过来,几乎覆压小水的半个身体。已经被挤进角落的她,无处可逃。她慢慢地感觉到,男人身体上的热量源源不断地传过来。她的身体不再抖得打拍子,但心底里又有点儿惴惴不安。

窗外的天空明亮起来,温暖的阳光重新爱抚被它遗弃的世界。

男人的呼吸均匀,似已进入熟睡。触觉像苏醒的僵蛇,惊扰了少女的羞涩。小水开始脸红心跳,她不忍心惊醒他,也不知道如何摆脱这陌生的温暖。

男人宽厚的手掌、温暖的后背很像她父亲。小水开始怀念父亲。年少多病的她是在父亲的背上长大,自从他用离婚毁了温暖的家,她再也不想见他。现在,那温暖的怀念重新被召回她的身体,让她的心里生出一份淡淡的暖意。

车厢内响起一首叫《暖暖》的歌曲,掩埋了世俗的喧嚣。小水的心欢快起来,仿佛冰河下的一条小鱼儿,享受着阳光温柔的爱抚,翩翩快乐起舞。

"嗨,搞什么?都坐过站了,还不下车吗?"女人无法掩饰的恼怒声音,惊飞了小水的梦,自己竟然枕着男人的肩膀睡着了。她茫然若失地望向窗外,她梦到了父亲,他一直在笑。

下车的女人还在凌厉地回头看她,仿佛她偷窃了什么。座位上的一本书硌疼了小水的手,是男人的书:泰戈尔的《飞鸟集》。她向男人挥动手中的书,他摆了摆手,把暖暖的笑种在秋日的阳光里。

很多年过去了。每当小水遇到身穿苏格兰情调格子衬衫的男子,都会认真地看上一眼,即便不是那个秋日里的男人,心底也会升起暖暖的笑。

一念之差

庞　滟

在文丽的眼里,罗蒂是整个公司唯一值得追求的"高富帅"。他处理事情精明果断,为人温和谦逊。但当他们进入热恋时,文丽突然想放手了。

文丽把自己陷进沙发,幽幽地说:"我不会因为爱情,卿卿我我就变成花痴。我想要完美的爱情,找一个可以依靠一辈子、全身心爱我的男人。"

"全身心爱你的完美男人?别痴心妄想了,这样的男人都跑外星球去了。"闺蜜停止搅动咖啡,白了一眼文丽。"再考验下去,你这剩女就给烤煳巴了,抓到手的幸福才是真实的幸福。"

"可惜,能经受住赴汤蹈火考验的男人寥寥无几。罗蒂太优秀,我一直担心他不够爱我,伤不起啊!"文丽抚摸食指的戒指,纠结地说。

夕阳如霞光彩绸。文丽和罗蒂手挽手在湖边散步,陶醉在盛大的绚丽中。她歪着头问:"如果,我和你妈妈都掉进水里,你先救谁?"

"求你,别讨论这样无聊的话题,好吗?一念之差的选择,让人很痛苦。"满脸欢愉的罗蒂突然神情黯然,目光躲闪,低声乞求着说。

"不嘛,必须回答,我就是想听到真话。"文丽娇蛮地说。

罗蒂脸色有些难看,故意岔开话题,避而不答。

"我就是要知道!"文丽一面说话一面倒退,结果一失足跌入湖中! 文丽起起伏伏,拼命挣扎呼救:"救命啊! 罗蒂救救我。"

罗蒂来不及思考,扑通跳进湖里,不顾一切扑向文丽。

岸边聚集了很多人,紧张地观望湖中的两个人。罗蒂还没扑腾到文丽的身边就喝了两大口水,眼看要沉下去……文丽只好拖着他游到岸边。

回去的路上,罗蒂红着脸,语无伦次地说:"我是不是很没用……"

"你不会游泳,却为了救我直接往下跳,这是最爱的证明! 我们永远相爱吧,不要再分开了。"文丽有些尴尬又心满意足地说。

这件事发生后,罗蒂和文丽的关系发生了翻天覆地的变化,对她的爱更是无比珍惜。

但有一件事,一直让文丽莫名其妙。他们每次一起过马路,罗蒂总是过于紧张地抓住她的手,身体也不由自主地发抖,问他又沉默不语。

一天,他们一起穿过一条没有红绿灯的人行横道。罗蒂看到一辆红色跑车从拐弯处飞驰而来,失控地冲向他们。他松开了不知情的文丽,呆立在那儿不动。

一阵刺耳的刹车声响过,传来"啊"的一声尖叫,时间仿佛凝滞,世界突然沉寂了。

千钧一发之际,文丽与红跑车擦身而过。惊魂未定的她转过头,看着一步之遥的罗蒂,失望至极地说:"我以为你那么爱我,会在最危险的时候冲过来保护我。而你,如此懦弱,我们分手吧!"

闺蜜听完文丽的讲述,惋惜地说:"爱情非常莫名其妙,有时不能太较真,脆弱得像易亡的植物,经不住风霜雨雪;有时像毒瘾,怎么戒也戒不掉;有时又能感天动地,让人以命相许。"

文丽刚想说什么,接到了罗蒂妈妈的电话,她哭着请求文丽去看看罗蒂,说他一周都没下楼了,不吃不喝,不睡觉,整个人都要垮掉了。

文丽和闺蜜见到罗蒂时,他面容憔悴,目光呆滞,不认识任何人,突然哭泣着自言自语:"对不起,对不起,我不是故意害死你,我是想救你……"

情愫·飘香的臭豆腐

罗蒂妈妈泪流满面地讲了一个故事：四年前，罗蒂和初恋女友一起过马路，为躲避一辆车，他用力推了女友一把，却被反方向冲出来的车撞飞身亡。罗蒂一直不能原谅自己的一念之差，患了抑郁症。刚好了两年，又突然犯病了……

罗蒂的病慢慢好了，文丽还是和他分手了。追求完美的她始终不能接受，她和罗蒂中间横着他的初恋女友。

一年后，文丽在斑马线上看到，她的闺蜜亲热地牵着罗蒂的手过马路。罗蒂孩子一样快乐地笑着。

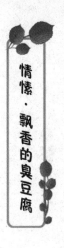

飘香的臭豆腐

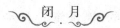
闭 月

上了火车,刚一落座,刘健民就看见过道上挤过来一个满头大汗的中年男人。男人个儿不高,黑黑瘦瘦的,穿着一条发白的牛仔裤,一件褪了色的蓝布衫。两只手紧搂着怀里的一个黄布兜——好像兜里装着几万元钱似的。

他挤过来后,站在健民的对铺,看了看手中的票,又看了看健民,咧着嘴嘿嘿一笑,说,就这,就这。边说边撩起衣襟迅速地抹了一下脸上的汗,便一屁股坐在了铺位上。

他一过来,健民就闻到了一股刺鼻的臭味儿。而且这股臭味儿随着他的落座,变得愈加酽浓了。什么味儿啊?这么难闻?!健民不禁皱着眉头,捂着鼻子盯着他疑惑地问。是啊,这是什么味儿啊,这么难闻?与此同时,几乎周围所有人都掩着鼻子把视线投向了他。

他忙用手搂紧胸前的破兜子,点头哈腰地看着大伙儿说,臭豆腐,臭豆腐,俺在工地上没吃完,不舍得扔就带回来了……因为俺娘也爱吃这个……嘿嘿……可,可能是瓶子没拧紧,洒了汤……臭豆腐闻着臭,吃着香,闻惯了就好了……不好意思……他一边讪笑着跟大伙儿解释着,一边用手紧紧地捂着怀里的包——好像怕别人抢跑了似的。

臭豆腐哪儿没有卖的？大老远地捎那玩意儿，污染空气，烦人！看到他那副紧张兮兮的样子，对面中铺的那个油头粉面的小青年，捂着鼻子没有好气地说，那神态像见了瘟神似的。

俺不是没舍得扔嘛。俺娘病了，花钱的地方多着呢，俺在工地上干了三年的活儿也没有开过几回工资……俺一个农村人，哪能和你们城里人比，这臭豆腐就……

没钱还坐卧铺？谁信?!

这，这是别人硬让给俺的，他是俺的老乡，买了票临时有事，又不走了……俺可舍不得坐卧铺。

去去去，别唠叨了，烦人！俺困了，想睡觉！小青年不屑地打断了他的话，捂着鼻子，一翻身，脸冲里，就扔给大伙儿一个后背。

农民工伸着脖子，看了看小青年冰冷的后背，不好意思地吐了一下舌头，就把目光转向了正在看热闹的健民。健民只是轻蔑地睃了他一眼，便打开随身携带的笔记本电脑，登录QQ，找到了正在和他网恋的网友，缠缠绵绵地聊了起来。

随着火车的开动，刚才那股酽浓的臭豆腐味儿也清淡了许多。于是，大伙儿的注意力也逐渐分散了。火车行驶了半天，农民工才小心翼翼地把怀里的包放到了枕头边，然后抻着脖子盯着健民的笔记本电脑，好奇地问，哎！这是什么东西？干什么用的？

笔记本电脑，上网用的！健民淡淡地说。

看着健民那着迷的样子，他又不解地问，上网什么感觉？晕不？

不晕，开心……健民已经被他问得不耐烦了，眉头拧得像麻花似的。还没等他说完，中铺那个小青年就翻身扭头看了他们一眼嚷道，连上网都不知道，真是个土老帽！别絮叨了！还让人睡觉不？他的话把农民工吓得一激灵，便斜躺在铺位上不言声了。

健民虽然觉得小青年有点过分，但因那股驱之不去的臭味儿，也对农民工有些反感。见他不再打扰自己，心中一阵窃喜，便又废寝忘食、天南海北地和网友胡侃了起来。

第二天早晨，健民睡得正酣。就听见有人大喊，站住！快来人哪——有人偷电脑了——

健民悚然一颤，立刻腾身而起，往床头一看，自己的笔记本果然不见了。他寻声望去，只见前面不远处的过道里，那个农民工满脸是血地躺在地上，双手正紧紧地抱着小青年的大腿——小青年的手里还拎着健民的笔记本电脑。

乡巴佬——放开我——少管闲事——再不撒手我宰了你！小青年见农民工搂着自己不肯放手，就连踢带踹地威胁着。可不管他怎么踢打，农民工就是抱着他的大腿不放。小青年已经恼羞成怒了，迅速地掏出一把匕首，狠狠地向农民工捅去……

住手！快来人啊——抓小偷啊——

见此情景，已经赶到近前的健民，忙大声地呵斥道，然后又一把揪住了他的衣领，夺去了他手里的匕首。

两个人的喊声惊动了许多旅客，他们也纷纷围了过来，帮着他俩抓住了那个青年……

小青年很快就被闻讯赶来的乘警给带走了。等健民陪着农民工包扎完伤口、洗净脸上的鼻血回来以后，他抱着失而复得的电脑，看着农民工受伤的胳膊，十分感激地问，痛不？不痛！农民工依旧憨笑着。你的臭豆腐是王致和的吗？真香啊！嗯！农民工深深地点了点头，笑得更憨了！

唢呐王

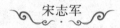

宋志军

　　唢呐是我们豫东这一带很有名的乐器,一支唢呐和一支笙,一阳一阴,恰如一个男人和一个女人,合在一起,便可演奏出各种基调的曲目,欢快如百鸟朝凤,悲伤如雪梅哭灵,让观众随着不同的曲子时喜时悲,完全沉浸到乐曲的氛围之中。

　　我们这里有许多唢呐艺人,三五人聚到一起,便可组成一个唢呐班,他们走村串户,谁家有红白喜事,便会请他们前去演出。这唢呐班不仅主人家请,有时候被邀请的亲朋也可以送,主人家办事,被邀请的亲朋不仅要备礼,有时还会请上一家唢呐班,吹吹打打送上门去,既是对主人家的尊重,也显得自己办事排场。但由于这些艺人大多时候是给人家赶场,社会地位较低,所以总是会被人看不起。

　　唢呐王姓王,六十多岁了,是我们这一带最有名的唢呐艺人,打小就跟随父亲学艺,至今已吹奏了大半个世纪。他的真名很少有人知道,大家都喊他"唢呐王",一是因为他姓王,另外也有称赞的意思。唢呐王一生未娶,只有一个捡来的儿子,大家习惯叫他"小唢呐",也少有人叫他的真名。据说是唢呐王在演出路上于荒野偶遇的弃婴,便抱回家中,一直养在身边,视为己出,打小就教他吹奏唢呐,父子二人相依相伴生活。至于唢呐王为何一生未

娶,有很多传言。流传最广的是一个大户人家的姑娘爱上了他,但遭到姑娘家人强烈反对,于是姑娘和唢呐王偷偷私奔,并生下一个男孩,就是小唢呐。后来姑娘和孩子还是被其家人找了回去,姑娘被逼远嫁他乡,从此再无音讯。孩子被扔到荒郊野外,任由唢呐王抱了回去。但这些传言终归没有证实,最后成了一个谜。

唢呐演奏在过去物资短缺的年代,也算得上是一门不错的营生,不用种不用收,走到哪里都能讨口饭吃。但随着时代的发展,一切都发生了巨大变化,这个行当渐渐地不太为人看重了。如今社会上各种各样的演出团队多了,用的都是现成的音响里放出来的音乐,唢呐二胡这类"老把式",便渐渐地淡出了人们的视线。

面对这一切,唢呐王丝毫不为所动。在他内心深处,这把唢呐不仅是他的营生,还牵系着他一生的追求和感情,是他的命。多少年,他把自己的故事深埋于心,任由别人去说,为的是心里的那个女人,为的是小唢呐不受伤害。他终身不娶,唢呐就是他的一切。而小唢呐却有点儿坐不住了,几次他和唢呐王商量,要唢呐王把积蓄拿出来,办一个歌舞团,去挣大钱。但唢呐王就是不答应,气得小唢呐冲他大吼,你不是我亲爹,把你的那些钱都带到棺材里吧!小唢呐决计和唢呐王分开,自己带了几个人另起炉灶。虽然还是演奏唢呐,可心里却总有不甘。

这一天,南村的李伯过八十大寿,又派人来请唢呐王父子前去演出,让父子二人再唱一出对台戏。并许下重彩,谁若胜了,奖彩头十万元,当场兑现。

小唢呐闻听,真是气不打一处来,同时心里暗暗较劲,发誓这次一定要赢。原来,这李伯不知怎的,打从前年祝寿就为他们父子摆开擂台,连续让他们唱对台戏,每次都拿出重彩,前两年分别是三万、五万,今年一下子增加到十万,前两次的钱都被唢呐王赢走了。小唢呐对此是又疑惑又气恼,疑惑的是这李伯的行为实在费解,他哪来那么多钱?又为何专门为他父子俩摆

开这个擂台呢？气恼的是自己父亲为何如此贪钱,丝毫不顾及儿子呢?

然而疑惑归疑惑,气恼归气恼,这件事倒憋出小唢呐的一番雄心壮志来,暗地里每日刻苦练功,发誓一定要打败唢呐王,不知不觉技艺大增,他所带的班子名气也越来越大,甚至盖过了唢呐王,收入也较以往多出了不少。所以,这一次他有信心打败父亲,把那十万元彩头赢过来。

比赛这天,父子二人依然是和从前一样,一上来就各不相让,各展其能。唢呐王一曲《大祭桩》,让台下的老头老太太直抹眼泪;小唢呐的一曲《抬花轿》,又赢来台下年轻男女的一片叫好。二人一曲接一曲,越战越勇。这边观众如两股潮水,一会儿流向东,一会儿流向西,掌声叫好声一浪高过一浪。

二人从早上一直比赛到午后,太阳刚升起时像一只大红盆,后来变成了让人不敢直视的万道光芒。唢呐王干脆甩下上衣,赤膊上阵。只见他头上青筋乱跳,活像一只剥了皮的青蛙。那边小唢呐也头上冒汗,活像刚揭开的蒸笼。

时间久了,唢呐王渐渐露出败象。一则他年纪大了,体力不支;二则他会的曲子没小唢呐多,最后不得不重复演奏一些曲子。眼看着观众一个个都到小唢呐的台子下，唢呐王突然吹奏出一个极高的声音，声震屋宇，然后吐出一口鲜血，倒在台上。

小唢呐见此，如梦方醒，他一把扔掉手中的唢呐，跑到唢呐王的台子上，紧紧地抱住了父亲。一阵混乱后，唢呐王被抬回家里，当晚就咽了气。

第二天一大早，李伯就来了。当他把十万元交给小唢呐时，被小唢呐拒绝了。小唢呐说，您老走吧，正是您老摆下这个擂台，让我亲手害死了自己的父亲，我恨您！

岂料李伯沉吟了一阵，却说出了这样一番话，孩子呀，你有所不知，这个擂台是你爹让我摆的呀！这几年他看你不安心，心里很着急，就和我商量，设下这个擂台，目的就是让你苦练技艺，别丢下这门艺术！这钱，本来就是你爹放到我这里的，他不是不愿给你，他是想让你靠自己的本事赢回去！

小唢呐听到这些，目瞪口呆，好一阵子才缓过神来，不禁转回身，大叫一声，爹呀——一下子扑到唢呐王身上。

唢呐王出殡那天，附近的几百名唢呐艺人都赶来了。小唢呐身穿重孝，手捧唢呐走在前头，几百只唢呐一起吹响，声震旷野。

情人节，我只想活在故事里

秦 俑

一

第一次约会，是十六岁那年的情人节。

他约她看电影。他知道，这部电影里有她的偶像。

第一次离她那么近，恍若闻得到她发梢的味道。第一次拉她的手，心怦怦乱跳，手心里全是汗。

第一次感觉，一场三个小时的电影，怎么这么短。

电影散场。她问他，好看吗？

嗯……他回答得有些敷衍。和她走进电影院后，他的脑子就一片空白。

广场上，遇见一个卖花的男孩。买朵花吧，便宜卖了，一朵十块。

他站在那里，脸一下子红到耳根。她也有些尴尬，拉着他就走开了。

一路上都没说话，直到送她到小区门口，他才鼓起勇气说，我很想送你一朵花，但我的零花钱，都买了电影票。

二

二十三岁那年的情人节，他决定要做些什么。

他约她吃饭,吃完饭又陪她看电影,看完电影又请她吃甜点。

时间一点点过去。他终于低着头说,今晚,我们睡外面吧?

她倒是落落大方,好啊。

他心里的小雀儿要欢呼了。轻轻地拉着她的手,从春熙路走到总府路,从人民路走到大业路,然后又从锦兴路、新光华街一直走到文翁路、武侯祠大街。好像这辈子从没走过这么长的路。

还是没有找到有房的宾馆。

要不,你送我回宿舍吧。她看到他的脸上写满了无奈与失落。

求了半天,宿管大妈才骂骂咧咧地来开门。

他是个害羞的男孩。走了那么远的路,他都只是拉了拉她的手。

那一会儿,在骂骂咧咧的宿管大妈面前,他突然抱住她,亲了她一下,然后大声地说,王晓沐,我喜欢你。

三

那年的情人节,正好是农历的大年初一,他俩在巴黎度蜜月。

但是,一点儿也不幸福,一点儿也不浪漫。

那天去逛老佛爷百货,兴奋地买了一堆有用没用的东西,回到宾馆,发现护照丢了。

早知道她的性格大大咧咧,怎么能让她来保管护照呢?

大半夜的时候,他们顺着回来的路,一路找回"老佛爷",连地铁站的垃圾桶都没有放过,奇迹并没有发生。

重新回到宾馆,他翻来覆去,一夜无眠。她倒好,一沾床就打起了呼噜。

第二天,她跟着他去警察局报案,去大使馆补办证件。

耽搁了两天时间,还是临时护照,接下来的旅程也受了影响。对这件事情,他一直耿耿于怀。

后来有一次,他终于问她,丢护照这么大的事,你怎么能做到好像没事

儿一样？

她回答说，因为有你啊。

一句话，就让他的心里坦然了。

四

他三十二岁娶了她。两年后，有了孩子。有了孩子后，六一儿童节就比情人节重要得多了。

也是，你还奢求一个四十二岁的职场男能有多浪漫？

那个情人节的下午，闺密给她打电话，有件事不知该不该讲？

你讲呗。

我遇到了你家那位……他和别的女人在开房……

闺密说得有板有眼，连宾馆和房号都说出来了。

她不信，一大早他就上班去了。犹豫了一下，她假装客户给他公司打电话。是助理接的电话，说张总不在，您明天再与他约吧。

她的心一下子乱了。连给他打手机的勇气都没了。

也许他回家了。她找个借口回到家。

他不在，保姆已经将孩子接回家了。

看着活蹦乱跳的孩子，她的心里泛起一阵阵寒意。

想了很久，她给他发了一条微信：今天过节，知道你工作很忙，忙完记着早点儿回家。

很快就回过来信息：你真傻，结婚十年，本来想给你点儿惊喜，快来宾馆找我吧……

她的眼泪，这才哗一下出来了。

五

她七十四岁，胰腺癌晚期。不想去医院受罪了，他就在家里陪着她。

那天她的话特别多。她说起了小时候的事。有一次,她特别想吃冰激淋,他去给她买。跑了很远的路才买到,等他将冰淇淋带回来,都化得差不多了。

他说,早翻篇了,还提这些事情干吗?有什么想吃的东西,有什么想去的地儿,说出来,我陪你去。

今天是情人节吧?她突然问。

是的,外面很热闹,我陪你出去逛逛?

不逛了,老头子,有三十年没送过我花了,你去给我买束花吧。

花有什么用?我还是在家陪着你吧。

去吧,去吧,我就是想要一束花。

他下楼了。那天也是奇怪,走过一条街,又走过一条街,他都没看到花店,连卖花的也没有遇到。

不知怎的,他有些心慌。

终于找到一家小花店,他想了想,要了九朵玫瑰。

插花的女孩一直看着他笑。

捧着花,走过一条街,又走过一条街,他心慌慌地往家赶。

他打开家门,拿着钥匙的手一直在发抖。

她安静地躺在床上,似乎睡着了。

花买回来了。他轻唤着她的名字,眼泪都快出来了。

她懒懒地睁开眼睛,看着他手里的花,笑了。

她说:你这是怎么了?我还没死呢。我要努力陪着你,多陪一天是一天。

我在天堂等着你

潘 格

初春的青藏高原,依然是寒风凛冽,白雪皑皑。远山玉带缠绕,天空纯净似光滑的蔚蓝色丝绸。不时有放牧人赶着肥硕的牛羊,哼唱着古老而久远的歌谣。

此情此景,让我们这支由五个人临时组成的小分队情不自禁又唱又跳,兴奋如孩子一般。

我们此行的目的地是一个叫作神仙湾的哨所。在中国巨大的版图上,它茕茕孑立地矗立在边陲之上。从得知团里要去神仙湾的那一刻起,我就陷入了极大的兴奋和期待中。说了你也许会很吃惊,这一车五个人,职务最高的团长已经是大校,我们此行不是去完成什么重要任务,而是送一个姑娘去神仙湾哨所结婚。

姑娘叫杨丽,是一名普通的小学老师;她未婚夫,也就是哨卡那端的那个小伙子,我们这些陪送者虽然与他未曾谋面,但对他早已了如指掌。

他叫赵刚,神仙湾哨所的连长,五年前,从一脚踏进神仙湾时起就再没离开过。在长达五年的时间里,他们传递爱情的方式就是书信,天高路远,电话很少能打通。可即便是书信联系都那么艰难,在神仙湾,一封书信走上十天半月再正常不过,遇上大雪封山,走上半年都有可能。五年来,他们矢志不渝地坚守着自己的爱情，默默咀嚼着分离的甜蜜和苦楚，无数次将约定好的婚期一推再推。最后，首长实在看不过去，说："小赵我放你假，马上回家结婚！"倔强的小伙子笑笑，说："回不去，我正带连队搞实战演练呢。"首长灵机一动，那把新娘子接过来，就在咱神仙湾举行婚礼！

就这样，赵刚和杨丽两个人的婚礼成了一项政治任务。而我，有幸在部队首长的指派下陪同新娘子一同进藏。

汽车颠簸在喀喇昆仑山上。随着眼前的景色越来越壮丽，我们肺腔里的憋闷也越来越严重。为了进藏，此番我是做了充分准备的。可每天生活在都市丛林里，除了在跑步机上锻炼自己的双腿，又能怎样呢？随着海拔的升高，我开始悲伤地意识到此前的努力都是徒劳。

大家不再唱跳，在这个连喘口气都困难的地方，氧气罩成了我们的救命稻草。终于，在海拔上升到3 000米左右时，随队的一个小护士忍受不住高原反应，被送下山。新娘杨丽显然也到了极限，频繁地呕吐。休息时，团长跟她商量："实在不行的话就休息一天，明天再上哨所？"她摇摇头："上吧，我想早点儿见到他。"

汽车艰难地跋涉在蜿蜒的路上，没过多久停下了，司机抱歉地告诉我们，剩下的路汽车根本无法开上去，只能靠我们的双腿慢慢丈量。

于是，团长、新娘子、司机、我和随队的一名医生一行五人甲壳虫一样执拗地前进。所幸并没走多久，山上的战士们冲下来，把我们几个人连拉带拽地拖进哨所。

婚礼的喜庆让简陋的哨所焕然一新，红花是战士们剪了毛毯和塑料纸自制的，喜字是战士们手写的。那些可爱的战士，最大的也不过二十几岁，脸上挂着高原红，满是憨厚的笑，拉着新娘子一口一个"嫂子"地叫着，仿佛久违的亲人。新郎被推搡着拉过来，看到千辛万苦投奔到自己面前的爱人，小伙子激动地搓着手，竟然说不出一句话。

在团长简单的发言过后，仪式开始了。原本设计好的婚礼程序全都用

不上了,大家根本听不进任何话,只是挥舞着酒杯高喊:干了! 干了! 新郎和新娘被人簇拥着,一杯接一杯地灌酒,那场面,我一辈子都没见过。

瞅了个空隙,我悄悄离开了。一名年轻的小战士紧跟在我身后,小心地问:"首长,您不高兴?"我笑说:"不是,是这帮家伙太疯狂了。"小战士诚恳地说:"我来这里两年了,从来没见到过这么多人,也从没这么开心过,谁说神仙湾的男人是和尚命? 嫂子这不走进我们哨所了嘛,以后肯定还会有更多的女孩走进我们神仙湾! 连长结婚了,婚礼就在咱神仙湾,你说,我们怎么能不激动……"

喧闹一直持续到很晚。那一夜,几乎所有的战士都喝哭了,他们抱着头,流着泪唱:姑娘啊姑娘,嫁人不要嫁别人……

电话骤响,突然接到执行紧急任务的命令。一下子,所有人的酒都醒了,迅速投入战斗。新郎赵刚就是在这个时候冲进人群的,临走,他对新婚的妻子说:"等我回来,我要亲自挑开你的红盖头。"

我们所有人笑着推搡他,别磨蹭了,快去快回!

黎明时分,哭声炸雷似的在高原安详宁静的上空响起。我们一行人飞速地冲出去,彼时婚房外已经聚集了很多人。

小战士呜咽的诉说,让我们知道了事情的大概经过:新郎执行完任务后马不停蹄地赶回来,一进门就发现新娘子蒙着盖头一动不动地坐在床上,依然保持着数小时前端坐的姿势,赵刚觉得有些异样,轻轻呼唤了一下爱人的名字,却没有得到回应。他走过去推推他的新娘,这才发现,在他离开的短短几个小时里,幸福就这样和他擦身而过了。他永远失去了自己的最爱,阴阳两隔!

队医的诊断是高原反应引起的休克导致窒息。

没人有异议,这个结果其实很多人早就猜到了。在这里,在神仙湾,生命有时候脆弱的就这么不堪一击。

组织上决定三天后举行新娘杨丽的葬礼。三天里,我们亲眼看到了一个生命的存在和死亡，亲眼见证了一段爱情的结合和离散，悲伤如同河流静静淌进每个人的心脏。

按照规定，杨丽的骨灰要由专人负责送回故乡。临别那一刻，赵刚将怀里的骨灰盒紧紧抱了抱，仿佛抱着一生的至爱。他将她往胸口靠了靠，轻轻说了一句话，顿时在场所有人都忍不住哭出声来。赵刚说："杨丽，如果来生你还找我，要记住，赵刚在神仙湾，无论这辈子还是下辈子，我都在这里，你一定要记住了，在天堂等着我！"

又一个五年过去了。高原的青草绿了又黄。曾经的连长赵刚在一次执行任务中牺牲，永远留在了神仙湾。

故事结束了。其实不是故事，是真事。还能说些什么呢？这世界上相爱并且能够相守的人啊，请珍惜你们的幸福吧。

蟑　螂

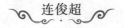

连俊超

我站在厨房一角，握住银色的星形旋钮，轻轻旋开，水从头顶喷洒下来。

我往左旋，水渐渐变热；往右旋，水又变凉。我把旋钮往右拧到底，冰凉的水落在我的头顶、脸上和胸前，像暴雨冲刷在干涸的大地上。我感觉我的毛孔先是羞涩地闭合，然后为了迎接这甘霖的润泽，兴奋地张开。水落在我身上时是冰凉的，但当它们顺着我的身体爬下去，到达脚面的时候，就会变得温热。我用自己的体温让这些水发生了改变，我对此感到欣慰和愉悦。

我闭上眼睛，不愿多看一眼那些杂乱不堪的厨具和餐具。这就是老婆自认为收拾得很干净的厨房，锅盖没有盖上，就像一个巨大的空洞朝天敞开，仿佛在索要和乞求。还有一盘剩菜放在煤气灶上，我不敢想象，这就是我的晚餐，它像是从饭馆的泔水桶里捞出来的。然而，这就是我的生活。我生活里的一切都平静地挤在这狭小的六十平方米里。

经过一天疲乏的工作之后，在这个厨房角落的淋浴喷头下，我找到了自己的天堂。我陶醉地冲洗着自己，直到老婆推开房门，埋怨我浪费水，她说我已经冲了将近一个小时了。她喋喋不休的抱怨把我从自己的天堂驱赶了出来。我想要还击，我扫视了一眼逼仄狭隘的厨房，突然发现了有力的武

器——那些没有收拾干净的餐具。我准备深吸一口气朝她咆哮,可是我看到一只蟑螂从那盘剩菜里爬了出来,它竟然在盘子边沿留恋地回头看了一眼,才缓缓地爬出盘子。

我一个箭步冲过去。可是蟑螂随时做好了逃跑的准备,它不急不慢地爬到了盘子的下方。我挪开盘子,它又钻到煤气灶里了。我恼怒地在油乎乎的灶台上拍了一巴掌,那只蟑螂迅速从灶台里钻了出来,沿着一条最短的途径,爬进了灶台与墙壁之间的缝隙里。

老婆不慌不忙地问:"你干什么呀?"

"蟑螂!"我朝她吼道。

她立刻往后退了几步,退到了客厅里。

我在灶台上拍了两下。我知道自己无论如何拍打蟑螂也不会出来,唯一的办法就是搬开灶台。可是灶台放在橱柜上,我必须把橱柜也挪开,到时候它就是死路一条。然而橱柜很笨重,我叫老婆过来搭把手。

"你疯了,你搬橱柜干什么?"老婆说着走过来。

"蟑螂!"我说。

我坚信它此刻就战战兢兢地躲在橱柜与墙壁之间。当我挪开灶台的时候,射进缝隙的一丝亮光会让它感到大难临头,但它只能在黑暗中焦急地来回奔跑。

老婆不愿挪动任何东西,她说蟑螂早跑了。

我瞪了她一眼,说:"难道你要等满屋子都是蟑螂时才捉它们吗?"

她不情愿地走了过来。我们搬起橱柜挪动了两尺远,老婆来不及把橱柜放稳,就尖叫着跑了出去。——在橱柜下那片潮湿油污的墙壁上,有二十来只大大小小的蟑螂在灯光的照射下四处逃窜。我一通乱踩,有几只蟑螂被我踩成了肉酱。但更多的蟑螂都沿着墙根逃开了,我看到有两只跑出了厨房,还有几只爬上了案板。

我恼恨地吼叫起来,在墙壁和案板上乱拍一气。老婆说有两只蟑螂爬

到厕所去了。狭小的厕所仅有一个坐便器,它们这次是逃不掉了。没准其中一只是从盘子里爬出来的那只可恶的蟑螂,我猜想它一定是这群蟑螂的首领,只有它才敢在明亮的灯光下大摇大摆地爬进菜盘子里。

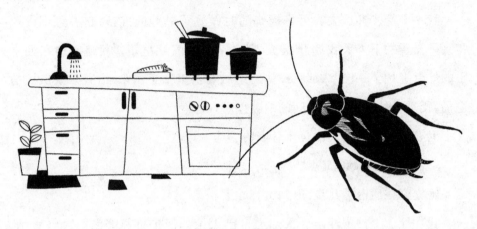

我按下抽水开关,用响亮的水声恐吓那两只不堪惊吓的蟑螂。有一只从纸篓后面跑了出来,我一掌拍下去,拍得我手掌都麻木了。"还有一只呢?"我自言自语道。我拿开纸篓,却找不到它。我变得怒不可遏,焦急地四处搜寻。一旦我找到那只蟑螂,我就要把它研成碎末。

老婆突然压低声音叫道:"纸篓上!"

就是它!是那只从盘子里爬出来的蟑螂,我相信它身上还沾着光亮的油水。它正悄悄地沿着纸篓向另一边爬去,以躲避我视线的追踪。可它缓缓爬动的时候,我也小心翼翼地朝反方向转动手里的纸篓。它就像马戏团里踩皮球的大象或者跑转轮的仓鼠,我为它这种可笑的行为感到悲哀。我情不自禁地抿起嘴角,欣赏着它小丑般的表演。

老婆催我拍死它。

可我在观察。当它爬了半天却发现自己依然在原位置的时候,它着急起来,加速疾行,我便更加快速地转动手里的纸篓。它一定感到困惑、焦虑、失望和愤恨,但它不想这样放弃,于是它不顾一切地挥动细腿,拼命狂奔。我手里的纸篓也转得更快。它感到疲于奔命而晕头转向,它在绝望中气喘吁吁却又不甘心停下来。

最后，它从旋转的纸篓上脱落，掉在地上，仰面躺着，累得要死，细小的腿脚还在抽搐似的横空划拉。我嘲笑它艰辛逃亡之后还是落在了我的掌心。老婆让我把它丢进马桶冲走，可我更乐意用蜡烛的火苗惊吓它，让这只打扰我生活的东西受点儿折磨。当我把它从地上捏起来的时候，我突然感到自己疲倦不堪。这只蟑螂也已经没有逃跑的力气，它从生到死困在一间房子里。

我把它从窗口丢了出去。

我困乏至极却无法入睡，我想起了那些逃逸的蟑螂。我从床上爬起来，我要找到它们，把它们统统释放。

奶汤蒲菜

宋以柱

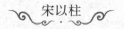

常大爷病了。

常大爷家住平泉胡同，小独院。左邻右舍，一墙相隔，鸡犬相闻。

常大爷独居。儿子儿媳在美国，要常大爷和老伴儿去哄孙子，并欢度晚年。常大爷一口拒绝了。常大爷的理由是，在大明湖边长大，不会再离开了。常大娘叫李玉贤，随儿子儿媳去了美国。

常大爷疼爱孙子。不是不愿意去美国，他生的是儿子的气："他们是在那打工的，又不是自己能做主。"常大爷独居至今，一晃已经五年多了吧。

常大爷从织布厂退休后，还是住湖边的老房子。从早到晚转大明湖，没人的时候就唱河北梆子："从今后上金殿你莫下跪，你与寡人我并肩齐。"腔调有点儿让人热耳暖心，是《打金枝》。左邻右舍知道他闷，不好说什么。倒是常大爷的二妹常二姑说："我大哥心里苦。"常二姑离得也不近，在大明湖的南边。隔一两周，常二姑就来看看这位个子高、脾气倔的大哥，给常大哥做做饭，洗洗衣物。常大爷喜爱的饭菜不复杂，蒸花卷，小咸鱼，奶汤蒲菜。见不到蒲菜的季节，常大爷就常叹息。好在常二姑会做蒲菜，花样并不多，常见的是：干辣椒炝蒲菜，蒲菜鸡肉羹，奶汤蒲菜。不管啥手法做的蒲菜，常大爷不声不响地吃。唯独那个奶汤蒲菜，常大爷一喝，就长叹一声，那声音的意思是：还不如清水白煮呢。

常二姑心里自然明白，话里不让常大爷，不紧不慢地说："不如你家李玉贤做得好吧?"常大爷赶紧地拿扇子出门，去湖边唱那两句《打金枝》。

常二姑接到电话，才知大哥住医院了。常大爷只留了常二姑的电话。李玉贤倒是常常来电话，偷偷摸摸的，毕竟是长途，说不了几句，就得撂电话。常大爷生气，那边电话也不留。常二姑还没见到常大爷，就先被引到医生办公室。

"出院吧，胰腺上的病，在这儿和在家一样。"医生问明白常二姑和常大爷的关系，直接和常二姑说。

常二姑不同意，说："家里就他一个人，倒在地上连个应声的都没有。"二姑含着眼泪说大哥替父母把我们几个养大，最后落个老来无人管。

二姑央求医生说："让我大哥在这儿住半个月，用点儿好药，别让他身子骨塌下来。半个月后我一准接走。"

这半月时间，二姑天天来，一日三餐，洗洗涮涮。常大爷脾气大，还常数落她："你瞧你做的蒲菜，汤不是汤，菜不是菜!"常二姑打小嘴不让人，常大爷病了也一样，那嘴像二月二爆豆子："你两个弟弟不在这边，你老婆孩子在美国，没闲人伺候你，你还跟我使劲，嫌三嫌四的，没饿死你。"常二姑嘴上使劲，心却善，饭菜有花样有软硬，衣物收拾得干净利索。日光好的时候，常大爷走到院子西南角唱那两句《打金枝》，常二姑就怎么也止不住泪珠子。

雨水已过，未到惊蛰。湖里还有冰碴，湖边的绿色已经可见了，湖里的蒲草冒新芽了，湖边的人多起来了。常二姑从家里经湖边去医院，走得一天比一天累。大哥从年轻时又当爸又当妈，对两个弟弟一个妹妹，严厉到苛刻，打小，两个弟弟就和大哥做对头，到现在，在感情上还是和大哥有隔阂。两个弟弟，还有常二姑，都大学毕业有了好工作。倒是常大爷自己到结婚时，还是光溜溜的只有几间老房，大明湖周遭没见到那么寒酸的婚礼。

"真不如牲畜呢。"常二姑私下也骂二哥三哥。

常大爷出院了。他一再坚持,回大明湖边的老房。"回去舒坦几天。"常大爷舒一口气,对妹妹常二姑说,"妮子,我可吃够你的蒲菜了。"哈哈大笑。声音不洪亮了,有点儿勉强。

常大爷瘦得让人不敢认了。四邻一看都明白。到了院门口,常大爷步子猛地快起来。常二姑在后面一笑。院子里站着儿子儿媳和一个小小子,一大堆箱子皮包。

"爸,那边收拾利索,耽误了几天。"儿子搓着手。常大爷没理,三两步跨进门去。桌子前站着的是李玉贤,满脸的泪。矮脚桌上,是一碗奶汤蒲菜,宛若白玉汤,飘着几块火腿。

"是这个味儿,"常大爷看着李玉贤,"就是这个味儿。"

探 监

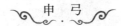

申 弓

提起那条路,足以怕三世!

虽说仅一天就能到达,可这一天的旅程是三百四十公里。得六点早起,先赶到省城,顺利的话,乘坐中午到农场的唯一班车,步行四十到六十分钟,再过一条约五十米宽的河,就算到了队部,然后想办法填充肚子,然后接见犯人,然后是分离,是哭。第二天早上,又得摸黑上路,否则赶不上那唯一的班车,便要白耽误一天。

每次往来,都是这样匆匆。

头一次去,是清明时节。岳母给我准备了一担食品,生怕饿坏她那宝贝儿子,只恨没把一个钦州全装进去。上了肩才觉得担子沉,久不挑重,回来肩膀足足痛了一个星期。

回到家头一件事,就是第一时间向岳母汇报小四子的情况:生活好,身体好,改造也好,就只是缺少自由。

岳母的眉头稍舒。可没过两天,她便说:"我得去趟农场,看看小四子是怎么个关法。"

我自知,汇报时,虽然对"缺少自由"轻描淡写,可一百句好话,也抵不掉一条不好的评价!有什么办法?下次汇报接受教训就是了。

岳母老了，虽然才五十大几，可因为儿子被捕的忧伤，一下子老了许多，似乎行动也有些龙钟了。我同妻子有个共同的心愿：农场的路，由我们去走；农场的苦，由我们去吃，千万不可让老人家去经历那个艰辛。更何况，到了那里，迎接她的还有悲伤，还有愁苦。

然而，她老人家要去，谁能挡住？

于是，她去了。

回来时，虽然明显地又老了两岁，可她的心似乎踏实了。

中秋月儿圆了。可月儿一天圆似一天，岳母的眉头却一天皱似一天，每日里总是听到她在叹气。

我明白，老人家又在想小四子了。

前次是我去，这次便轮到了妻子。岳母为了她的上路，足足准备了三天，买面，买肉，买蛋，买水果，买饼，买猪油。收拾停当，又是足足一担。放到肩上，小扁担的两头硬是往下坠，然而岳母还嫌不够，临走，还要加上一袋花生米。

妻子也是个女人，爱弟之心一点儿也不逊于其母。带什么东西去？当然来者不拒，多多益善。星期六早上出发，星期天晚上回来，只请半天的假，一切按我第一次规划的行程。

回来时，妻子一边抚摸着被压疼了的肩膀，一边跟岳母汇报情况："小四子身体好、改造好，被领导安排看警戒线，工作十分轻松，也较自由，也比以前胖了点儿。"

"还能胖？"岳母眉头舒展开来，末了，还不相信，"我怕是虚胖，发水肿说不定！"

"我用手捏过他的肌肉，挺结实的。"妻子笃实地说，"不过，似乎是黑了一点儿，可能是晒太阳多了。"

"这我放心了。"

可是没过三天，岳母便又上街买回了一袋食品，有饼，有面，有糖，有油。

我同妻子都明白,岳母又要亲自行动了。

果然,晚上,岳母说:"我得去趟农场,看看小四子黑成什么样儿,莫不是熬出病了。"

"妈,我才去没几天……"

"你去归你去。我得见见小四子,都半年多没见了!"

于是,岳母又摸黑上了路。

小四子服刑才八个月,我们已经跑了四趟。当然,这四趟,有一半是多余的,可谁说得清哪两趟是没有必要的?

不过,有一条,岳母真要去,那可是谁也拦不住的。

和父亲坐一条板凳

孙道荣

上大学后的第一个暑假，回家。坐在墙根下晒太阳的父亲，将身子往一边挪了挪，对我说，坐下吧。印象里，那是我第一次和父亲坐在一条板凳上。

家里没有椅子，只有板凳，长条板凳，还有几张小板凳。小板凳是母亲和我们几个孩子坐的。父亲从不和母亲坐一条板凳，也从不和我们孩子坐一条板凳。家里来了人，客人或者同村的男人，父亲会起身往边上挪一挪，示意来客坐下，坐在他身边，而不是让他们坐另一条板凳，边上其实还有板凳。让来客和自己坐同一条板凳，不但父亲是这样，村里的其他男人也是这样。让一个人坐在另一条板凳上，就见外了。据说村里有个男人走亲戚，就因为亲戚没和他坐一条板凳，没谈几句，就起身离去了。他觉得亲戚明显是看不起他。

工作之后，我学会了抽烟。有一次回家，与父亲坐在板凳上，闲聊，父亲掏出烟，自己点了一根。忽然想起了什么，犹豫了一会儿，把烟盒递到我面前说，你也抽一根吧。那是父亲第一次递烟给我。父子俩坐在同一条板凳上，闷头抽烟。烟雾从板凳的两端漂浮起来，有时候会在空中纠合在一起。而坐在板凳上的两个男人，却很少说话。与大多数农村长大的男孩子一样，我和父亲的沟通很少，我们都缺少这个能力。在城里生活很多年后，每次看到城里的父子在一起亲热打闹，我都羡慕得不得了。在我长大成人之后，我和父亲最多的交流，就是坐在同一条板凳上，默默无语。坐在同一条板凳上，与其说是一种沟通，不如说更像是一种仪式。

父亲并非沉默讷言的人。年轻时，他当过兵，回乡之后当了很多年的村干部，算是村里见多识广的人了。村民有矛盾了，都会请父亲调解，主持公道。双方各自坐一条板凳，父亲则坐在他们对面，听他们诉说，再给他们评理。调和得差不多了，父亲就指指自己的左右，对双方说，你们都坐过来嘛。如果三个男人都坐在一条板凳上了，疙瘩也就解开了，母亲就会适时走过来喊他们吃饭喝酒。

结婚之后，有一次回乡过年，与妻子闹了矛盾。妻子气鼓鼓地坐在一条板凳上，我闷闷不乐地坐在另一条板凳上，父亲坐在对面，母亲惴惴不安地站在父亲身后。父亲严厉地把我训了一通。训完了，父亲恶狠狠地对我说，坐过来！又轻声对妻子说，你也坐过来吧。我坐在了父亲左边，妻子扭扭捏捏地坐在了父亲右边。父亲从不和女人坐一条板凳的，哪怕是我的母亲和姐妹。那是唯一一次，我和妻子同时与父亲坐在同一条板凳上。

在城里终于有了自己的房子，我请父母进城住几天。客厅小，只放了一对小沙发。下班回家，我一屁股坐在沙发上，指着另一只沙发对父亲说，您坐吧。父亲走到沙发边，犹疑了一下，又走到我身边，坐了下来，转身对母亲说，你也过来坐一坐嘛。沙发太小，两个人坐在一起，很挤，也很别扭，我干脆坐在了沙发帮上。父亲扭头看看我，忽然站了起来，这玩意太软了，坐着不舒服。只住了一晚，父亲就执意和母亲一起回乡去了，说田里还有很多农活儿。可父母明明答应这次要住几天的啊。后来还是妻子的话提醒了我，一定是我哪儿做得不好，伤了父亲。难道是因为我没有和父亲坐在一起吗？不是我不情愿，真的是沙发太小了啊。我的心，隐隐地痛。后来有了大房子，也买了三人坐的长沙发，可是，父亲却再也没有机会来了。

父亲健在的那些年，每次回乡，我都会主动坐到他身边，和他坐在同一

条板凳上。父亲依旧很少说话，只是侧身听我讲。他对我的工作特别感兴趣，无论我当初在政府机关工作，还是后来调到报社上班，虽然对我的工作基本上一点儿也不了解。有一次，是我升职之后不久，我回家报喜，和父亲坐在板凳上，年轻气盛的我，一脸踌躇满志。父亲显然也很高兴，一边抽着烟，一边听我滔滔不绝。正当我讲道兴致勃勃时，父亲突然站了起来，板凳一下子失去了平衡翘了起来，我一个趔趄，差一点儿和板凳一起摔倒。父亲一把扶住我，你要坐稳喽。不知道是刚才的惊吓还是父亲的话，让我猛然清醒。这些年，虽然换过很多单位，也当过一些部门的小领导，但我一直恪守本分，得益于父亲给我上的那一课。

父亲已经不在了，我再也没机会和父亲坐在一条板凳上了。每次回家，坐在板凳上，我都会往边上挪一挪，留出一个空位，我觉得，父亲还坐在我身边。我们父子俩，还像以往一样，不怎么说话，只是安静地坐着，坐在陈旧的板凳上。

爱如双桥

蓝月

　　他站起身，看向窗外。夜色中的周庄，如披着薄纱的神秘少女，安静的小河面微微升起了薄雾，沿河店铺的红灯笼在薄雾中变得朦胧起来。

　　可此刻的他，没有心情欣赏这美丽的夜景，微微皱起了眉头。

　　她现在会在哪儿？

　　本来今天像往日一样温馨。但这温馨终止得让他猝不及防。

　　窝在他怀里的女友，搂着他的脖子，细细地看着他。他看到女友眼里深深的柔情和对自己的依恋。女友嘴角轻扬，娇羞调皮。他的心甜甜的，柔柔的，他忍不住低下头去……

　　女友伸出如玉的纤手，捧住他的脸，吐气如兰，说，咱们结婚吧——

　　他打了一个激灵，像被烙到了一般猛地松开了女友。

　　婚姻是个囚笼，我一刻都不想待在里面！这是母亲多年前说的一句话。

　　他永远也忘不了那天，父亲凶猛地抽着烟，整个房间烟雾弥漫。他睡眼惺忪支起身子，叫了一声"妈妈"。父亲掐灭了烟头，把他直接从被窝里拎了出来。他惊恐地滑动着四肢，就像一条被人抓离水面的鱼。父亲足足看了他几分钟后，突然把他紧紧地搂在怀里，哽咽着说，你没有妈妈了。

　　他知道，母亲终于飞走了，离开了他和父亲，逃离了婚姻的囚笼。

他盯着女友的眼睛，问，为什么要结婚？是不是想制造一个囚笼，把我装进去，然后你再独自飞出去？

女友的脸由红变白，眼睛从温情的小池塘一下子变成汪洋大海，接着发出咆哮——你，变态！

随着房门的碰响，屋子里一片死寂。

他没有追出去，他不想在这件事情上让步。

他叹了口气，将自己扔进沙发，闭上眼睛。他的脑子有点儿乱，他知道，女友对自己的爱是真的，他对女友的爱也是真的。但是，为什么要提结婚呢？相互爱着，这就够了，现在的生活不是挺好吗？

他摸出手机，发了一个短信：你在哪儿？

一分钟后，没有回复。五分钟后，还是没有回复。半小时后，依然没有回复。

女人真是任性的动物！

他的心里有点儿生气，干脆拨通了手机。

"我和你缠缠绵绵翩翩飞……"手机铃声从房间传出来，女友根本没有带手机。

这个时候，她会去哪呢？逛街？她从来不会一个人去逛街。去了闺蜜那儿？有可能。他立马拨通了女友闺蜜的电话。

没来呀！我没在家，回老家了。你们怎么了？吵架了？我说你……

他立马挂断了女友闺蜜的喋喋不休，继续思索女友有可能去的地方。

双桥！对，肯定去了那里。那里是他和她初次相遇的地方，女友说他们的爱情就像这两座桥，永远相守，不离不弃。她还说，如果有一天，他不要她了，她就会从桥上一跃而下……当时他用自己的唇及时堵住了女友的嘴，说，不会的，不会有这一天的。

会不会——不，不会的。

他匆匆出门，心里七上八下的。

当他赶到时，傻眼了，月光下，果然看到女友头上的一枚发卡，正凄苦哀怨地趴在桥栏杆上。

他来不及考虑就跳下了水，忘了自己根本不会游泳，没多久，他就陷入了黑暗。

黑暗中，他看见女友的身影像一只白色的蝴蝶不断地往前飞去，他使劲追使劲追，老是追不上，他张嘴呼喊，却发不出任何声音……

突然，女友不见了，他慌张地四处寻找，大汗淋漓。

对不起，对不起，只要你好好的，我什么都可以不要，我只要你，只要你，呜呜呜——

女友的哭泣撞击着他的耳膜，他猛然睁开眼睛，看见了女友泪盈盈的眼睛，女友冰凉的手正紧紧握着他的手。他猛地竖起身子，把女友紧紧地搂在怀里。你没事吧？你真的没事吧？

我没事，我一个人在双桥上坐了会儿，心里越想越害怕，我怕你真的不爱我了，于是我取下了头上的一枚发卡，放在桥栏杆上，然后我拐进了边上的一家咖啡厅，等你，看你还记不记得我们在双桥的誓言。结果，你这个傻子，居然想都不想就跳河里去了！呜呜呜……对不起，都是我不好，我不该那么任性。

女友的泪涂湿了他的胸口，他的泪流进自己的嘴巴，他捧住女友的脸，仔仔细细地看着，再次将女友紧紧搂在怀里。

他说，咱们结婚吧！

爸爸回来了

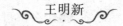

王明新

　　徐嫂家的地有点偏,徐嫂去地里干活儿,常有邻村不正经的男人骚扰她。男人先是嬉皮笑脸要帮徐嫂干活儿,徐嫂撵都撵不走。干就干吧,手在人家身上长着。不一会儿男人就开始拿话挑逗徐嫂,问徐嫂的男人多久没回来了,夜里想不想男人,想男人了怎么办。徐嫂不搭话,男人就凑过来,动手动脚。徐嫂只好拉下脸,大声呵斥男人滚开。如果男人还不走,徐嫂手里是锄头就拿起锄头,是铁锹就拿起铁锹,凶狠地朝男人比画,男人再靠近就绝不客气。直到男人悻悻地离开。

　　男人走了,徐嫂的心还要扑通扑通跳很久,汗也湿透了里面的小衣服。这不说,还耽误不少工夫。后来,徐嫂就想出了一个主意——自从徐嫂想出这个主意,邻村的男人就再也没来骚扰过她。

　　徐嫂的男人常年在外面打工,徐嫂也想与男人一起出去的,但三个孩子没人管。徐嫂公公去世早,婆婆身体不好,别说照顾孩子,婆婆还需要她照顾。男人出去成年累月不回来,甚至两三年不回来一次,钱倒是按时寄回家。男人的理由是,回来不仅耽搁挣钱,还要多花路费。徐嫂知道男人的话不是没道理。但徐嫂也听别人说,男人在外面久了,有的找小姐,有的男人与女人搭伴儿过,像一家人一样。对此,徐嫂半信半疑。男人回来了,徐嫂就问男人。男人说别人什么样他管不着，反正自己清清白白。对此，徐嫂也是半信半疑。

徐嫂有两个姑娘一个儿子。就是为了能生出个儿子，徐嫂才超生的。三个孩子都在邻村的中心小学上学。这天，上二年级的儿子小刚考了个全班第一名，急着给妈妈报喜，让妈妈打电话给爸爸。爸爸答应过他，考了第一就给他买变形金刚。小刚知道这时候妈妈肯定在地里干活儿，放了学就往地里跑。小刚眼睛好，远远地看见在自家地里干活儿的不是妈妈，是个男人，因为妈妈与这里的多数女人一样，干活儿的时候在头上包个花头巾——农村不像城里，头发弄脏了洗起来麻烦。小刚觉得奇怪，又往前跑了几步。小刚一下子认出是爸爸，因为小刚认识爸爸的衣服，还有那顶变成灰白色的蓝帽子。小刚想喊一声爸爸，然后冲过去抱住爸爸，让爸爸把自己举起来。但小刚克制住了自己，扭头往回跑，他想截住两个姐姐，告诉她们爸爸回来了，这可是个天大的喜讯，而这个喜讯是他先知道的。

小刚怕错过两个姐姐而她们直接回了家，所以跑得很猛，终于如愿以偿地把两个姐姐截在半路上。小刚上气不接下气地说："爸爸回来了！爸爸回来了！"两个姐姐不信，小刚说爸爸在地里帮妈妈干活儿，他亲眼看见的。姐姐说："妈妈呢？"小刚想了想说："妈妈肯定在家做好吃的。"

两个姐姐相信了，他们决定去地里看望爸爸。小刚说："爸爸两年多没回来，我们给爸爸来个欢迎仪式吧？"县里来学校检查，学校就常常组织欢迎仪式。姐姐说："欢迎仪式？怎么欢迎？"小刚说："你们在学校不是学跳舞了吗？给爸爸跳个舞。"国庆节就要到了，中心小学打算组织学生搞个庆祝活动，小刚的两个姐姐被老师挑选出来，表演一个舞蹈节目，她们已经排练了很久。两个姐姐说："那是个集体节目，我们两个人怎么跳啊？再说，"她们指着自己的鞋子说，"底都快掉下来了，怎么跳得起来啊？"小刚看看两个姐姐的鞋子，真的又破又旧，一走一踢踏。

小刚说："那我们一起唱个歌吧！"

两个姐姐说:"唱什么?"

小刚说:"《父亲》你们学了吗?"

两个姐姐立即拍着手说:"学了,就唱《父亲》吧。"

三个孩子有点儿激动,不仅因为他们很久没见爸爸了,还因为他们要第一次给爸爸唱一首歌:那是我小时候/常坐在父亲肩头/父亲是那登天的梯/父亲是那拉车的牛/忘不了粗茶淡饭将我养大/忘不了一声长叹半壶老酒……

他们走到自家地里,爸爸正抡着锄头刨地瓜。虽说是秋高气爽的天气,但汗水还是湿透了爸爸的衣服、帽檐。爸爸干得很专注,没注意到三个孩子的到来。三个孩子在爸爸跟前站住,他们对看了一眼,按照约定,大姐做了个手势,他们一起唱起来。

听到歌声,爸爸终于抬起了头。在爸爸抬起头的一刹那,三个孩子一下子愣住了,这哪里是爸爸啊?是妈妈。因为妈妈穿着爸爸的衣服,戴着爸爸的帽子,所以小刚才把妈妈当成了爸爸。

看见是妈妈,歌声戛然而止。妈妈看了一眼三个孩子,站直了身子,说:"你们先回家做作业,我还要再干一会儿。"

因为母亲

戴　希

　　他是杀人不眨眼的凶手，他的身上沾有十四个无辜生命的鲜血。他又是狡兔三窟的罪犯，全国通缉两年多了，警方使出浑身解数，也未能将其抓获归案。

　　可再狠毒的男人，内心也有柔软的地方，也有柔软的时候。两年后，他想母亲了，通宵达旦地想！实在熬不住，竟斗胆潜回了老家。他只想见母亲一面，让母亲开开心后就走。作为独生子，从小娇生惯养，但父亲过世早，他是跟着母亲长大的。

　　侦察员很快得到情报，并迅速向警方密报。

　　机不可失！警方立马实施抓捕。四名刑警从天而降，直抵他的藏匿之处。在一番周密的策划和部署之后，一名刑警小心地走到他母亲的住宅前，扬起手轻轻地敲门，与此同时，另外三名刑警则机警地守候在大门边和楼道口，随时准备应对险情和组织夹击。

　　听到敲门声，他不动声色地来到门前。从门上的猫眼里，他窥探到了外面的动静。虽然外面的人穿着便装，但他已确定是刑警无疑。

　　"谁呀？"他故意装得漫不经心。

　　"社区干部！"敲门的刑警沉着应答。

他"哦"了一声，又问："干吗来的？"

"综治工作迎检，上门查验户口。"

"好吧，稍等一下，我穿好衣服就来开门！"他阴笑。随即返回房间，从枕头下摸出手枪，十分麻利地上足子弹，然后，悄悄地把手枪藏在裤子口袋里。

当他蛇一样顺溜地滑向门边，露出狰狞的面目，准备猛地开门，同时举枪射击，他的母亲却忽然进入客厅，站在了他的身后。

"儿啊，外面来了什么人？"母亲小声询问。

"妈，查户口的！"他回头看着母亲，满头银发的母亲目光如同秋阳。他的心暖了一下。

"那你把户口本找出来，给他们看看就是！"母亲微笑道。

"好吧！"他愣怔一下，旋即若无其事地走向房间。

待母亲走到门边开门时，他又咬牙把已上足子弹的手枪悄悄地放回枕头底下，然后十分无奈地翻出户口本，大摇大摆地来到客厅。

"老妈妈，很抱歉，我们打扰您了。现在，我们要带您的儿子去社区，核实一下户口信息。您就——先休息休息吧。"敲门的刑警心平气和地安慰他的母亲。另外三人则鹰一样敏锐地盯着他，十分迅捷地把他围住，一边机警地摸着裤袋里已经上膛的手枪。

"那好，咱们走吧？"他手举户口本，一脸的泰然自若。

临出门，他又若有所思地回头："妈，关上门，您安心休息休息啊。"

虽然他表现得波澜不惊，四名刑警却不敢有丝毫的马虎。看似最安全的时候，往往也是最危险的前夕。这个道理，他们都懂。

直到他们终于平安地下楼，他的母亲轻轻关上房门，他服服帖帖让他们戴上手铐，仔细搜查他后没有发现凶器，他们才禁不住嘘了一口气。

这时，四名刑警都深感惊讶不解：往日比狼还凶残十倍的他，今天怎么变得像羊一样温顺了呢？

路上，一名刑警终于憋不住问道："以前，你作案老谋深算，杀人如割韭菜。今天,怎么会没带刀枪,还这样文质彬彬?"

"你们不敢相信了,是吧?"他苦苦一笑,"说真的,你们都要感谢我的母亲! 要不是我的母亲在家里,要不是她始终在现场看着我,今天你们四个又要倒在我的枪口之下!"

"为什么?"一名刑警好奇地问。

"因为——"他眼里闪烁着泪花,"我实在不愿在我的母亲面前开枪杀人,让她亲眼看见她的儿子何等的凶残! 所以……"

"所以怎样啦?"

"我又一狠心,把枪藏在枕头底下了!"

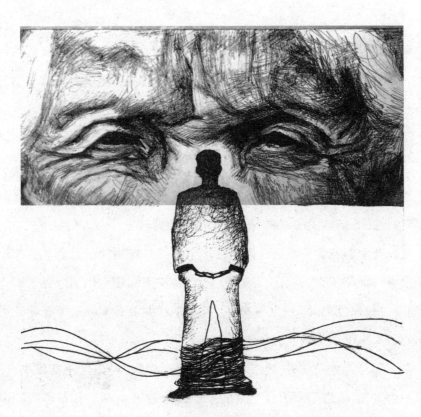

蓝花花

红　酒

风刮得邪乎,远处的哭声被风扯得若有若无,夜黑得像扔在墙角的那只乌盆,桌上的油灯被透过来的尖尖的风吹得东摇西晃,屋里人的脸忽明忽暗分不出个眉目来。

黑子抱着头蹲在炕沿前跟个没嘴葫芦一样不出声。许久,他才站了起来。于是,一干人拥着黑子来到上房。

床上躺着的女人叫蓝花花,人瘦得不成样子,一双失神的眼睛空洞黯然,那曾经是一双多美的眼睛啊。黑子难过地背转身,不忍再看。

蓝花花蒙着花盖头嫁到槐树洼时才十七岁。槐树洼的老老少少惊讶地说从没见过绣花盖头,那盖头一边龙一边凤,花团锦簇金灿灿地晃人眼。早先,隔壁二娘嫁过来时风光了一阵子,可还是红绸盖头呢。这个蓝花花居然别出心裁亲手绣个龙凤盖头来。

新人拜罢天地入洞房,摘下花盖头的那一瞬间,村里人眼都直了,说这么标致的人儿,像是从画上飘下来的。二娘拍着巴掌说蓝花花那张脸像熟透了的水蜜桃。

蓝花花嫁的这家人在村里算是个殷实人家,有骡子有马,有房有田。女婿是个读书人,平日不怎么沾家,即便是回来了,也和蓝花花说不上三句话,只晓得捧着书依在炕头上看。

人家少年夫妻总会有个打情骂俏的时候吧,可蓝花花嫁的这人好像不会,一天到晚板着脸跟谁欠他几吊钱似的。蓝花花不知道该怎么做才能让那人看她一眼。二娘说这张俏脸像水蜜桃,水蜜桃就这么招自家的男人不待见?蓝花花觉得委屈。

婆婆边做饭边对蓝花花说:小两口没事也出去走动走动,去南沟看看你二舅,去后营瞧瞧你大姑,见天愁家里看那闲书有啥用?蓝花花就回到屋中,轻言轻语原封不动地把婆婆的话说给女婿听。那人听了,把书从脸前移开了些,不屑地瞟了瞟蓝花花,说,啥闲书?你不懂。蓝花花不认字,被女婿一番抢白,脸红得真跟个水蜜桃一样。

新婚还不到仨月,那人突然不见了。起初,蓝花花以为他忙,顾不上回家。可小半年过去了也不见那人踪影,蓝花花的心提到了嗓子眼儿,背地里老抹眼泪。

这天,暮色重得拎不动,南沟的二舅失急慌忙来了,进门瞅见蓝花花顾不上招呼就直接拉着姐姐姐夫进了屋,关了门说话,好一阵子才出来。蓝花花的婆婆红着眼圈儿说,看闲书看傻了,不要爹不要娘,新娶的花媳妇也扔下不管,说是跟着大胡子司令打鬼子去了,怕家里阻拦,偷偷走的。

蓝花花刚过门儿,今后的日子咋过,那人没交代。蓝花花忍不住哭了,哭得天昏地暗。哭够了,才对二娘说,他心里没我,我不怨,可他是独子,咋着也该给爹妈言一声吧?!

黑子是蓝花花公爹的远房侄子,父母在世时给黑子张罗过一房媳妇,后来人家嫌黑子穷,趁黑子去山里收购粮食时跟个走街串巷的货郎跑了。黑子一人吃饱全家不饿,就没心思再娶了。

蓝花花嫁过来的那天,黑子跑来帮忙,新媳妇敬完酒转身回房,却与黑子撞了个满怀,蓝花花羞得满面通红,慌乱中瞟了瞟眼前人,不看则已,一看大惊失色,这个叫黑子的叔伯兄弟跟新郎官如此相像,只是比自己的男人稍

高些。黑子也窘得不行。当晚,黑子躺在自家炕上,脑子里全是新嫂嫂的身影,赶也赶不走。

日子不动声色地过着,公婆相继过世了,偌大的院子空荡荡的,方圆左右的轻薄子弟开始瞄上了蓝花花,深夜轮流在她家窗户底下学鬼叫,扔砖头,吓得她整宿整宿不敢睡觉,流着泪拥着被子坐到天明。

黑子总是默默地帮蓝花花,夏收夏种秋收秋忙,时不时搭把手。西坡顶那块地该翻了,蓝花花的娘家兄弟来帮忙。五更天,蓝花花和兄弟踏着露水来到地边,却见地被挖了一大半了,黑子光着脊背,把钢锹深深地蹬下去,一使劲,一大块油乎乎的土像盛开的花翻了上来。看见蓝花花,黑子只会嘿嘿傻笑。

隔壁的二娘时常相劝,说有个男人帮衬着,也不枉来这世上一遭。蓝花

花也晓得黑子的心事，可她面对黑子时，却总说自己的男人没准儿哪天会突然推门进家，一偏身坐炕上斜倚着看闲书呢。

　　一天晌午，黑子来蓝花花家还牲口，把缰绳放在蓝花花手里时，黑子突然说，花花嫂，你怎么生出白发来了？蓝花花下意识地用手捂住头，说，黑子兄弟，腊月十七我就满四十了。四十岁的女人豆腐渣，白头发还能少呀？说完珠泪涟涟，怕黑子笑话，赶紧把脸埋在手掌心里，瘦削的肩膀抖得像秋风中的叶子。

　　就是这个让黑子一辈子心疼的女人，如今三魂六魄即将远去，黑子伸出手，撩起了遮在蓝花花眼角边的一缕头发：花花嫂，你还在等？等那个让你守一辈子活寡的负心人？

　　蓝花花凝神注视着黑子，泪水从眼角滑下，她使出全身力气指向炕头的黑漆描金花木箱。黑子迟疑着将箱子打开，一眼看见的是龙凤花盖头，鼓鼓囊囊的，不知包的啥。解开来看，是一双又一双崭新的黑布鞋，每双鞋子的右脚要比左脚宽出一分来。黑子右脚是个六指，这些鞋他穿起来正合脚。黑子心里明白了，他把龙凤花盖头轻轻地放在了蓝花花散乱的青丝边，抱起那些鞋子，泣不成声。

　　蓝花花将花盖头紧紧地抓在了手中，原本空洞无神的眼睛里倏地闪过一道光芒……

帮 忙

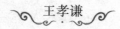

王孝谦

　　他们从小学到高中都同班，他们相互帮助走过了十多个春秋。杨邦才考上了大学，李健却名落孙山。

　　李健从打零工开始慢慢办起了自己的贸易公司，也算是当地的成功人士了。杨邦才大学毕业后回到市级部门慢慢做到了科长。两个老同学仍然往来密切，遇事相互帮忙。

　　有一天李健找到已经当了副局长的杨邦才说，他的公司被杨局长的手下查出了违规行为，只要杨局长一句话这个坎就过去了。杨邦才找来监督科科长了解情况后说，这个事我如果帮了你也许是害了你，你会继续违法下去，但事情迟早会暴露的，最后会葬送你的企业。你还是接受教训整改，做好自己该做的事情吧！

　　李健脸色骤变，起身摔门而去。

　　好长一段时间，互不联系。后来还是杨邦才主动约了李健到王爷庙喝茶，李健以为杨邦才想通了要帮他，就去了。

　　杨邦才边品茶边给老朋友讲了个盐商帮倒忙的故事。之所以约到王爷庙喝茶，是因为那个故事的主角盐商张成便是集资修建王爷庙的参与者。

　　话说张成在重庆的盐号大掌柜陈三麻子，从某一天开始突然很反常，狂

嫖滥赌，挪用了不少生意上的钱，得罪了众多客户，生意亏损严重，直接动摇了张成的根基。

张成知道后恨得牙疼，又不便直接开销陈三麻子，因他掌握了不少商业秘密，开销了他可能会带来更大的损失。思前想后的张成不但不予谴责，反而暗中指使盐号，每天为陈掌柜提存五十两银子。大家感到奇怪，张成解释说："他性情突变，将不久于人世。他对我家功劳很大，这点儿银子算什么？"一年多后陈掌柜死去，张成除赠送每日提存银子外，另送礼银上万两，这些银子足以让其后人在很长时间生活无忧。多年后，陈三麻子后人因坐吃山空，远道来找老东家，张成派他去艾叶滩一井灶做坐堂掌柜，此人一点儿不懂业务，坐着吃喝而已，不但天天鸡鱼鸭肉，而且顿顿喝酒，非好酒不喝，非神仙饭（用生米蒸的饭）不吃，还日夜大抽鸦片。那眼井枯竭后，又被安插到另一井做掌柜，数年退休之后又把其儿子派到井灶上混饭吃。

杨邦才总结说，从表面看，张成是在做好事帮助人，这个事的确也给张成带来了好名声，实际上这是张成的高招，他用不多的钱直接毁了陈三麻子后人的前途，可以说是做好事使坏心。如果他不那样帮陈三麻子的后人，其后人可能会努力创造自己的事业，这是一种杀人不见血的报复啊！

杨邦才十分真诚地说，真正的朋友帮法不一样，给你出点子帮你指方向，甚至在你没办法了的时候还可给你协调资金，你的合法利益受到侵害时理直气壮地帮你维护……但如果不该帮的帮了，我不在那个位子了你想想怎么办？纵容你实际是害了你呀！

李健终于笑了笑，说，好像有点儿道理。

几年之后，李健的企业成了集团公司，准备在新三板挂牌上市。

为庆贺公司即将上市，李健请杨邦才到王爷庙旁边的沙湾饭店大吃了一顿。李健还拿出了他多年都一直丢不开的美乐香辣酱让李邦才蘸家乡土菜折耳根吃。酒足饭饱之后两个朋友又约在王爷庙喝茶。

李健首先提出最近的一件事，黄某和张某两家是世交，两人从小就暗暗

较着劲,谁也不想输给对方。黄某官运亨通做到了局长,张某做贸易也小有成就,张某常常得到黄某的帮助,两人保持了较好的关系,但张某觉得比黄某矮了一截心里始终不舒服。后来黄某在成都为儿子买房子筹钱,张某就主动借了20万给黄某,由于是老朋友便没打借条。后来黄某被举报受贿数额巨大,查实之后不仅丢了官还被判处有期徒刑七年,据说还是张某去做的证。所以想整你就给你送钱,看起来是帮你,实际上是害你呀!

李健看了看正闭目品茶的杨邦才说,经历了一些事,我才明白了你这个老朋友当时才是真心帮我啊!

杨邦才说,我也不是完整地帮你,因为一个帮字由三部分组成,不仅只说给你耳朵听,还要有物质给予,就像帮字垫底那块毛巾样,要有实实在在的东西,才能丰富你的愿望和生活。而我之帮你正如我名字中的那个邦一样,就只是给你的耳朵送点儿好听的,没有物质帮助。想想其实你也帮了我,如果你一直坚持要我帮你,我也不可能一点儿都不退让,那样我也会犯错误,也就没有今天的发展。

李健望着如今的杨副市长,会心一笑,端起盖碗茶和老朋友碰了一下,然后浅浅地啜了一口茶,那茶香却余味悠长。

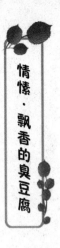
大媳妇，二媳妇

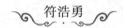

符浩勇

王阿婆常常惦记着在县城小镇上的两个儿媳妇。逢农闲季节，她决定进城去，到两个儿媳妇家走一趟。

王阿婆先到大儿媳妇家去。

大儿子长根是小镇农办藤织加工厂采购员，常年出门在外，家里只有大儿媳妇一人，她可是藤织厂的会计，能说会道，里外都是一把手。王阿婆还未进门，大儿媳妇就满脸堆笑地迎出来，说："阿妈，我做梦都惦记你，巴不得你早来。这次来，要多住几天，否则，我就缠着不放你走。"那语气仿佛是女儿一样，说时已将家婆迎进厅堂，挽扶着在舒适的沙发上坐下，转身从电冰箱里拿出冷藏的罐装椰子汁递上来，把家婆捧得乐颤颤的。

次日一早，大儿媳妇就把家门钥匙交给家婆，出门时说："妈，有你在家，我上班就放心了，我买的菜还来不及洗，如有空，妈就帮着洗了，肉搁在冰箱里，我若回来晚了，你就自己烧饭，有劳老人家了。"

王阿婆听着大儿媳妇的谦维话，心想，大儿媳妇怎么一家人说两家话，来了干些家务也是应该的。于是，她便把家什活儿全包揽下来，整天清扫庭院，做饭煮菜，虽然菜的味道不怎么样，大儿媳妇一点儿也不见嫌。大儿媳妇常常在厂里加班，很晚才回来，换下的衣服本来想第二天扔给洗衣机，可

醒来,已见家婆将衣服手搓水洗……王阿婆就是累弯了腰杆,也能体谅大儿媳妇好多难处。

然而,日子一长,王阿婆心里就开始腻味:巴望一个星期只有三天,而大儿媳妇则希望一个星期能有十天。王阿婆住了大半个月,大儿子长根出差还没有回来,心里就惦记起二儿媳妇,就说要离开,到二儿媳妇家去。大儿媳妇还想留,嘴上却甜甜地说:"妈,你到二弟那去,若住不惯,就尽快回来,我等着你。"王阿婆苦笑着。

二儿子长顺是小镇制砖厂的推销员,也常年跑在外头。二儿媳妇是一名脱坯工。她见家婆进门,忙停下手中活计,憨然一笑说:"妈,你来了,长顺不在家,你快进屋歇着,你看我在忙呀,你自己倒水喝。"说罢,又随手捡起活计忙起来。

忙完了,二儿媳妇才招呼家婆一块吃饭,不时把肉夹到家婆的碗里,显得客客气气的。每天临出门,还说:"妈,你在家歇着,我上工去了。"直来直去,别无他话。

二儿媳妇比大儿媳妇还忙。白天忙着往制砖厂跑,有时中午下班时才买菜回来,晚上还忙着家务琐事。有时夜深了,还在灯下飞针走线,不知缝织着什么。王阿婆不知道二儿媳妇夜里是几时躺下的,第二天起来时,二儿媳妇上班去了,却已做好了早饭。尽管王阿婆每天守在家里,每顿饭还是二儿媳妇做,有时王阿婆帮着扫地,二儿媳妇仿佛显得不安,王阿婆的心里也觉得不是滋味儿。

王阿婆在二儿媳妇家里住了大半个月,二儿子长顺也未回来,便提出回乡下去。二儿媳妇留她,说:"妈,乡下没活儿,就多住些日子吧。"王阿婆心想,在大媳妇家里,虽然整天忙乎着,但听的都是孝敬的话,而在二儿媳妇这里,却是闲得慌,可又……她对二儿媳妇说,"先回去,过一阵子,我还会来。"见家婆很倔,二儿媳妇也就不强留。

王阿婆去车站,二儿媳妇去送,一路上,也说不上多少话。

　　临上车，二儿媳妇交给家婆一个小包，说："妈，我赶织了一顶毛毡帽，过些日子天气就会凉了，你将就戴吧，我脱不开身去孝敬你。"

　　王阿婆上车坐定，从小包里掏出毛毡帽看：啊，多耐看多密匝的针线呀，原来二儿媳妇夜里是在为她赶织毛毡帽呢。她心头一热，从车窗伸出头去，想对二儿媳妇说些什么，但一时又不知道说什么好。

　　车下，二儿媳妇像是忽然又记起什么，说："妈，我在毡帽里底下塞了三百块钱，回家去，知冷知暖，你就留着用……"王阿婆听罢，翻开帽底，见着几张崭新的钞票，鼻子一酸，泪水溢满眼眶……

　　车开动了，王阿婆再次将目光抛出车窗，只见二儿媳妇还站在站台上，向她挥手……

三 年

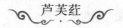

芦芙荭

　　她和他是一起考上大学的。他们俩成了这个美丽小镇走出去的第一批大学生。

　　四年时间，他们俩一起在大学校园里度过。她喜欢浪漫，而他喜欢读书，她就默默地陪在他的身边。毕业时，她依然回到那个美丽的小镇，当了一名老师，而他却以优异的成绩被学校"保研"。

　　他成了这个美丽小镇最有出息的人。为了让他能安心读书，她和他约定，每过一段时间，她就去学校看他一次，将他们家乡他最爱吃的东西带给他。

　　从小镇到他读书的大学，需要坐五小时的车。她晕车，但她还是坚持坐车去看他，而且每次都是到了他的宿舍楼下了，她才给他打电话——她总是想给他一点儿惊喜。

　　校园的环境很美，他们找个安静的地方坐下来，她把给他带来的好吃的东西一一摆出来，她喜欢看着他一点点地将那些食物吃完。当然，吃不完的，她就给他打包，让他带回去慢慢地吃。

　　在一起时，两个人就会说些分别后各自经历或遇到的事。他会说他的导师又搞了什么新科研项目，他参加了；而她，说的当然是那个小镇上发生的事。

有一次,她一边看着他吃东西,一边漫不经心地说,那个刘东,没事了总往我们学校里跑。她看着他,说,你说搞笑不搞笑,他还让我们校长给他说媒要娶我呢。

刘东是他们的同学,他的父亲在外面开矿,挣了很多钱,成了他们小镇的首富。

他听了她说的话,停止了咀嚼。那你怎么不答应他呢?他家可是有钱呢。

她开玩笑说,只要你愿意,我就答应。说着,她就掏出纸巾去给他擦嘴。她想,这时,他会抱抱她,说些好听的话的。比如会说,刘东除了有几个臭钱,还有什么?再比如,我可不愿意呢,我心爱的女人怎么会让他去追呢?

可他没有。他匆匆地吃完东西,站起来说,下午还有一个重要的实验呢。她心里有些失落。可失落归失落,他是为了他的学业。她只好又坐车回去了。

有些事,怕成了习惯;一旦成了习惯,就成了理所当然。比如说她去看他这件事,一开始就好像是应该的。他从来没有问过她坐车来累不累,晕车不晕车。她越来越晕车了,有时,她上车前不得不吃几片安眠药,以睡觉来抵挡晕车。

有一个星期天,她没有去看他,因为她感冒了,她想他一定会着急的,一定会想她的。可再去时,他却像什么事也没发生似的,问也没问,依然是不紧不慢地吃东西,说他的科研项目的进展。

她说,刘东又买了部好车。你猜怎么着,他说他要开车送我来见你呢。

他说,你怎么老提刘东呀?你是不是喜欢上了他?

她还想说什么,想了想,没说。

从那之后,她再也不提刘东了,好像刘东这个人从这个世界上蒸发了。

时间过得真快。他马上就要毕业了。那段时间,要做毕业论文,要做毕

业答辩,还要找工作。他让她不要来看他了。

有一天,突然就传来消息,她嫁给了刘东。那时,他刚刚办完手头的事情。这太突然了。

他打电话质问她,到底是怎么回事?

她说,我守了你三年,刘东守了我三年。

她说她是一次偶然才知道的,这三年,她每次去看他时,刘东担心她,就悄悄地开车跟在班车的后面,这一跟就是三年。

她说,我嫁给刘东真的不是为了他的财富,我是为了这三年。

门当户对

宁 柏

爱情是两个人的事，婚姻是两个家庭的事。马云，你确定了吗？

在通往百合镇的路口，小姨有意停下，用目光征求马云的意见。

马云今年二十八岁，在农村，大姑娘这把年纪不结婚，会让整个家族都为她灯火难眠。

特别是我小姨。

小姨是媒太，专做"好"事。十里八乡的后生闺女，小姨都是看着他们长大成人，密切关注她们的所思所想，并打着自己心里的小九九，一旦时机成熟，就使出三寸不烂之舌撮合他们。当然，也不会撇下离异的不管。小庄有个胖男人，人很好，就是打呼噜太响，老婆为此休息不好，只得跑了。别人给他介绍了好几个，都是住一晚上就无法忍受。眼看五十了，小姨给他找了个不怕打呼噜的女人，虽是离异，但能抱窝生子，延续香火。这让那男的一家感恩戴德，逢年过节都提着五花肉登门拜谢。无他，那女的是聋子呗！凭这取长补短的典型，小姨一下奠定了金龙镇"媒太界一姐"的地位。因此，马云的事，小姨总觉得对自己是个嘲讽。

舅妈就私下跟大姨说，自己侄女都嫁不出，还说有多大本事。

就冲这句话，小姨前赴后继为马云介绍了不少，到头来，大多因舅妈嫌

这嫌那耽搁了下来。舅妈说,在金龙镇,老马家算得上是富贵人家,男方不说要在县城有房子,至少也得在镇上有几层楼,六位数存款也总得有吧。就这么挑三拣四下来,马云转眼就到了二十八岁。

这回,男方家境很一般。可交往一段时间后,马云愿意去见男方父母,并且只要小姨陪着,不愿再听舅妈的"经验之谈"。

秋阳,很安静,给了站在路口的姑姑侄女两人足够的思想空间。

走吧。马云先向前迈步。

刚到百合镇上,舅舅骑着摩托车载着舅妈跟上来了。

妈……马云不满,噘起了嘴巴。

我还是不放心,一定要去他家看看。

各怀心事,一路无语,到了人家楼下。

男方一家上下很是欢喜，好酒好菜相待。看到好酒，舅舅马上变了个人似的，跟准亲家推杯换盏。不小心，喝酒时响声大了点儿。

一旁的舅妈立马给他使眼色。

男方父母见状，满脸堆笑说，呵呵，这叫美声喝法，可流行了。

一句话让屋子里顿时充满了笑声。马云的脸上也有了笑意。

还是在路口。马云说，就这家吧。

舅舅打着酒嗝儿说，嗯，这家酿的酒不错。

你就知道酒，有酒喝就满意了。舅妈数落说。

嫂子，你的意见呢？小姨问。

舅妈说，他家才三层楼，旁边的都是五六层。我闺女嫁过去会不会让人看不起？

人都在忙着赚钱，哪有你那么多闲心。舅舅借着酒劲儿，反驳一句。

这家里还没轮到你说话！舅妈的声调明显提升。

妈，你们俩就不能消停一下吗？老说要门当户对门当户对，我倒觉得，我们是高攀人家了。

这话咋说？

刚才吃饭间，他妈无意间碰到他爸的汤碗，然后把凉了的汤水倒掉，又去厨房换了一碗热乎的给他爸。

就这个？

就这个！马云抬起头，两颗泪水从脸上滑下。可这小小的事，你为爹做过吗？

会好的，会好的

王小宁

双眼皮儿，大眼睛，雪白的脸上，上帝点了一个黑黑的小鼻子。我常常忍不住嫉妒："你咋长得恁好看呢?"英子歪歪头，看看我，就不理我了。

英子是一个朋友送的，来时刚满月。当时我正在看一本小说，里面的主人公叫英子。我就"英子英子"地叫它，它不理睬。后来叫得多了，它终于有反应了，我一叫英子，它就抬起头来看我。再后来，我一叫英子，它就颠儿颠儿地跑到我面前，看着我，等待着我的指示。

其实我也没啥指示，那段时间吧，我生活有点儿糟糕，情绪不好，坐在那里总爱犯傻。

英子总是轻轻地来到我身边，叹口气，然后趴下，望着前方。过一会儿，它会抬头看看我，然后再趴下，再望向前方。

晚上，英子不睡觉值夜班。因为夜里老鼠是不睡觉的。当时我住的房子房租很低，英子一看见它们来，嗖一下就扑上去，吱吱的响声就没了。

天冷的时候，屋里很冷，老鼠也躲洞里去了。我们就抱在一起睡，互相取暖。

有天正睡着，忽听见一声："会好的。会好的。"睁眼一看，啥也没有。只有英子在旁边睡着，我摇醒它，问："是你说话吗?"英子看看我，翻了个身，又睡了。

搬家那天，英子忙坏了，又是里里外外地看护东西，又是警惕地注视着来来往往的陌生人。

在新屋里，英子在每个房间走来走去地巡视，看看东西有啥丢失没有。直到我把门"嘭"一声关上，它才确定一切平安无事，眼里露出了兴奋、惊喜的光。为此，我还写过一篇《英子住新屋》，可惜没有发表。

有次，朋友邀请我到她们那儿去玩儿，我很高兴。可英子咋办呢？朋友出主意，让它先去宠物寄养所住几天。

我找到一家宠物寄养所，看了看情况还可以，就同意了。到了朋友那儿，我玩儿着玩儿着突然想起了英子，就往回跑。我下车后直接去接它，英子不理我。"英子，英子，我错了……"我一遍遍地叫。英子就是不理我，噘着嘴，拉着脸，看都不看我。

有一次和一个朋友讨论一篇小说，我说："这纯粹就是一个故事，有啥看头！不如去看《故事会》。"

朋友说："你没故事有啥看头呀？谁有闲心看你那些啰里啰唆的东西？高铁都又要提速了。"

我们俩越争越凶，不觉声音大了起来，惊扰了在一边儿玩耍的英子。

英子本来在一边儿玩纸片儿，不管我们的事。这时听声音高了，它抬头看了看，立刻跑过来，站在我身边，对着朋友就"汪汪汪"地叫，眼里喷着火。

朋友本来有点儿恼意了，一看英子这认真劲儿，扑哧又笑了："得，我吵不过你们俩，我走了。"

英子不罢休，一直追到楼下，看着她的车子越走越远，消失在了大门外，这才"汪汪汪"大吼三声作罢。

"会好的。会好的。"

一天，我正在午睡，忽听有说话声，睁眼一看，没人，只有英子在旁边睡得正香。我推醒它，问："刚才是你说话？"英子瞪着眼，看着我，一脸懵懂的样子。

　　突然,我看到英子——天哪,英子脸上咋有沟沟了? 而且还是好几道沟沟!

　　再仔细看,哎呀妈呀,英子的毛也粗了。

　　难道英子老了?

　　当意识到这一切可能都是真的时,我看着英子,心里酸了一下。

　　英子是静静地离开的。真的,一点儿也没麻烦我,就那么悄悄地走了。

　　我一想起这个情景,就想哭。

　　没有英子的日子,还真有点儿不习惯。我总是会毫无征兆地突然想起它,想起我们在一起的日子。

　　最后一次去看它,是因为我又要搬家了。

　　我对英子说:"英子,我真的又要搬家了。祝福我吧……"

继　父

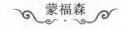蒙福森

阿峰的娘病了。

娘躺在屋里，有一声没一声咳嗽着。娘病了几天了，滴水不进，阿峰只得送娘去医院。

娘的病好了点儿，出院回家，变得沉默了，沉默得可怕，几天几夜不说一句话；娘也变老了，神情恍惚，丢三落四，常常站在院子里发呆。

家里像冰窟一样，冰冷，没有一丝活气儿。

阿峰知道，自从继父走后，娘就像一头老牛，被活活地抽去脊骨，瘫倒了。

继父是被阿峰赶走的。

那天，阿峰在村口打牌，有人说高世才在石场打石时发生事故，死了，高世才老婆想改嫁，男人都找好了，就是放不下两个娃。老猫说，改什么嫁，两个不大不小的娃，谁带？不如像老文婆，找个野男人上门，又能干活儿，又能养娃，晚上又不会旱着，嘿嘿！一举多得，多好！

老猫的话像虫子般钻进阿峰的耳朵，阿峰的脸刹那间火辣辣地烧。

老猫说的老文婆就是阿峰的娘。

那年，阿峰五岁，阿峰的爹在建筑工地做小工，从脚手架上掉下来，不在

了。娘一个人拉扯着阿峰几兄妹，艰难度日。阿峰几兄妹，像庄稼地里的玉米苗，干着，旱着，一棵一棵等着吸营养。娘一个人，撑着一个家，要多难有多难，她常常在万籁俱寂的深夜，用被子捂着脸，哭。

后来，一个男人走进了他们的家。

男人是个木匠，贵州人。到了高良村，一家接一家地做家具。做到阿峰家，娘空闲时同他聊。一聊，才知道他也是苦命人，老婆好多年前就没了，留下一个女娃，在老家，爷爷奶奶带。

这世界上，苦命人多了。娘感叹。

同病相怜，两个苦命人说着说着，离不开了。

木匠的脚像被胶水粘住一样，粘在阿峰家，再也挪不开步。

就这样，男人留在了阿峰家。

男人成了阿峰兄妹的继父，成了家里的顶梁柱，种田种地，养猪养鸡，挣钱养家。家里家外，继父都是劳动的好手。

继父对阿峰他们兄妹很好，视若亲生。一次，阿峰半夜发高烧，额头像火一样烫。村里的医生束手无策，继父硬是背着阿峰，十几里的山路，一路跑着，一刻没有停。娘拿着包袱，跟在后面跑。到了镇卫生院，打了针，退了烧，娘才发现，男人的脚被鞋子磨穿，血淋淋的。那一刻，娘哭了。

继父在阿峰家二十几年，日子一天天好起来，建了楼房。阿峰几兄妹读书，长大，打工，结婚有了自己的小家庭。日子就像村边的小河流，缓缓地流淌。娘老了，继父也老了。

二十几年，继父只回过几次贵州。继父的女儿出嫁后，他就再也没有回去过，把这里当成了他的家。

继父为这个家任劳任怨，头发花白，满脸皱纹，腰弯得像煮熟的虾。但此刻，老猫的粗言冷语，像一把锋利的刀，捅进阿峰心里，鲜血淋漓。

野男人！我娘找了个野男人！对，继父就是个野男人！没有明媒正娶，没有三牲酒礼，没有领结婚证，二十几年，就这样搭伙过日子。

奇耻大辱！阿峰感觉自己像光天化日之下被脱光衣服，一丝不挂。从那天开始，阿峰窝着一肚子怒气，整天给继父脸色，给娘脸色，指桑骂槐，发脾气，摔东西。

继父待不下去了，跟娘说，要不，我……我回去吧？

娘也无可奈何，什么也说不出，沉默了很久，流着泪，叹息一声，好吧。

继父走的前一天夜里，一家人默默吃饭，谁也没有说话。吃完饭，娘和继父回到房间，两人一直没有说话。娘含着泪，把他的衣物收拾好，另外，把三万块钱放进他包里，说，你走了，为这个家，二十几年，做牛做马，累死累活，什么也没有得到，就这点儿钱，拿着，回去……有合适的，就找一个，好好过日子……

娘声音哽咽，说不下去，哭了。继父劝不停，跟着哭。

第二天凌晨，继父走了。

娘就病了。

娘从医院回来后，病时好时坏，一直没有恢复。

邻居们指责阿峰，说他是白眼狼，忘恩负义，继父老了，没用了，就赶走人家，很不地道。

娘的病一直好不了，医生也无能为力。心病还须心药医。终于，阿峰决定，亲自到贵州一趟，找到继父，把继父接回来。

阿峰开始收拾东西，突然，他发现自己的行李包里有一包用旧报纸包着的东西，打开，是厚厚的一沓钱，一数，整整三万。

阿峰不知道，那天晚上，娘哭了大半夜，累了，终于迷迷糊糊睡着了。继父没有睡，一直坐着，天还没有亮，把那沓钱放进阿峰的包里，悄悄地出来，佝偻着背，提着行李，离开了家。

看着那沓钱，阿峰顿时像被抽去了脚筋，瘫倒在地上，泪水啪啪啪直往下掉。

醉酒的男人

张亚凌

对面那个看上去醉意很浓的男人突然起身径直扑向我,他那宽大的身躯倾斜着摇摆着挡在我面前让我无处可逃。而后他一屁股重重地落下去,连着椅子一起抖了抖,才算稳住了自己。

他把手里的酒杯重重地蹾在桌子上,冲我问了句似乎很清醒的话:"你,懂男人吗?"

"我懂。"我怕自己说"不懂"他就滔滔不绝地给我"上课"。见他脸上浮现出的神情是不屑,我马上解释道:"我是男人的妻子,还是小男人的母亲,当然懂男人了。"

我知道,醉汉是不能招惹的,也绝不能让醉汉开口。否则,你就会被携带着酒味的话语淹没。

"你懂男人?"他眯缝起眼睛瞅着我,似乎企图用目光来解剖我。而后他举起酒杯喝了一口,打了一个嗝,又说:"那你说说我吧。我,就是一个男人,一个很男人的男人,一次喝二斤半白酒还不醉的男人。说吧,就说我。"

我这才意识到自己错了,不是回答"懂"就可以堵住他的嘴巴的。醉汉的思维是呈辐射状的,不管你回答什么,只要他想,都会牢牢黏住你的。

我决定,坚守沉默:不招惹,不激怒,顺其自然。

"看，看，你……没话说了吧？你还是不懂男人。其实我也不懂男人，最不懂男人的就是男人自己。呵呵，你是不是觉得我在说胡话？没有，我没醉。"说话时他还拍打了几下胸脯，以显示自己的清醒，"我就是借酒消愁，越消越愁"。

他举着酒杯，愣愣地看着我，突然说："我最羡慕女人，下一辈子做女人。看我媳妇，有啥想不通的，一把鼻涕一把泪，哭，到死地哭，还边哭边骂。多带劲儿！有时，她还把朋友叫到我家，一晚上不睡觉地聊天！女人就是好，心里不好受了就往外倒垃圾。"

"得是咱爷们儿就没话说？"他反问了句。

我知道，他不需要我回答的，那只是他表述的一种形式而已。

"男人这东西就是怪，其实他也有话想说，说上八个晚上也说不完，可男人给谁说去？哥们儿一见面就知道喝酒，话叫酒压得说出不来。你说了，他就觉得是醉话，是胡言乱语，是胡说八道。"他说着还挥动着手臂。"那就干脆不说了。男人交往，就是酒场，看起来热闹，其实心里是寂寞的。越寂寞越想热闹，越热闹越寂寞。就是这熊样子，跌进去出不来了。"

我知道，和醉汉在一起，沉默是最好的选择。一旦交流，就成了两个醉汉。

"男人真他妈恓惶！"他突然有点儿失控，把酒杯狠狠地蹾在桌子上，"就是想说，还得借酒说，一说，人都说'耍酒疯'！我想说话，你陪我说话吧！"他突然变得可怜兮兮，似乎在哀求："妹子，大姐，我就是想和人说说话，掏心掏肺地说。"

他突然趴在桌子上哭了："我想我妈了。我妈会说，我娃有啥话都给妈说，妈就爱听我娃说，我娃说啥都能行……"他哭着说着，肩膀还在抖动着。

我趁机抽身离开，留下那个依旧在哭诉的陌生男人。

一扭动锁眼儿，就听见儿子很急切地喊"妈"。

"我爸喝醉了，耍酒疯说胡话哩。"儿子瞅着我，一脸无奈。

红雪酒

许 仙

已经有很多年没看到过像样的雪了。气象预报说,后天江南山区大雪。他突发奇想,打电话给她。她也很兴奋。于是,他请假,她也请假。第二天一早,他驾着长城越野车,和她像逃亡似的离开了闹心的都市,直奔清凉山。这儿与安徽交界,层峦叠嶂,太子尖上云雾缠绕,如临仙境。他们找了一处农家乐入住。

她一直在笑。

"你笑什么?"他问。

"没什么。"她深情地望着他道。

已是午后,他们顾不上吃饭,就躲进开足空调的房里。欢爱后,两人又说了会儿话。"饿吗?"她问。他说饿。又一次。他们疲倦地相拥在床上。他突然说起他从前的梦想,在深山里有一座小木屋,和自己心爱的人,在火塘前,夜复一夜疯狂地……"什么?"她故意问。他说:"就那个呗。"她笑道:"那你的愿望实现了。""嗯,正在实现中。"他笑着,将脑袋埋在她那两只沉甸甸、暖乎乎的乳房中间,就像鸟儿钻回窝里。

她一直在笑。

当天夜里,大雪如期而至。

　　第二天早晨，推门见雪，哇！整个世界银装素裹，鹅毛大雪满天飞舞，他和她兴奋得就像两条小狗。他扯着嗓子极叫，叫得人的心尖儿都颤悠悠的；她像孩子似的双手高托，一头冲进院子里，舞蹈着，仿佛在迎接天使。他抓起一团雪，亲昵地扔到她背上。她也抓起一把雪，奋力还击。两人在农家院子里打雪仗，叫着，笑着，奔跑着……下午，她堆雪人，堆了一个他；他也堆雪人，自然是她。两个冰雪之人挽手，静静地站在冰天雪地里。他和她笑了。

　　幸福。

　　幸福回荡在他们心间。

　　大雪封山。

　　他们经历了最初的激动和快感，也经历了其间的宁静和安详，最后，终于感到一丝不安和寂寞。在只有大雪的山中，没有信号，没有外界消息，没有其他游客。其他游客在大雪封山前早就走了，唯独他们俩，坚持留在山中。他们就是来看雪的，来过两人世界的。日子一天天过去，假期只剩下最后一天了，但大雪依旧，无法下山。山中的日子，并非他所想象的那样。他以为他可以在小木屋里待上一辈子，但只过了三天，他就耐不住寂寞了。

　　一整天，他都没有碰她，拉长了马脸。她也失去了昨日的笑容，生硬地问他怎么了，他说没什么。"是担心工作吗？"她问。他嗯了一声。其实不仅仅是单位的事，还有他家里的。只是他不说，她也不问。老板娘是个头发花白的老妪，洞察一切后满脸的慈祥，向他推荐山中特有的药酒，她笑道："喝上一杯，就什么都忘了。"他说他正需要这个。他和她要了瓶一斤装的，回房对饮。果然是好酒。她又笑了，他也迸发出往日的激情。

　　第二天醒来，他头痛欲裂。他是被梦惊醒的。他梦到了妻子和儿子——一家人在爬山，他妻子探头往悬崖下张望时，一只老鹰突然怪叫着向她扑来，他的心被揪得生疼，就惊醒了。伴随着梦，他想起很多往事，有甜蜜的，也有痛苦的。主角是他和妻子。他甚至感到悔恨，以及对妻子的想念。他的脾气比昨日更坏。雪早就停了，雪山反射着阳光，刺得人睁不

开眼,但依旧封山,无法离去。他和她出去走走,拍了几张雪景,但受不了山风的寒冷,没多久就逃回来,闷在房里,谁也不说一句话,好像所有的话都说尽了。

晚上,他们又要了瓶药酒,这才快活起来。

忘却一切,狂欢之后,留给他们的是更大更多的痛苦。背叛、嫉妒、悲愤、绝望……五味杂陈,他甚至发现比起她来他更爱妻子。不仅仅是他,酒也让她回忆起她的家、她的丈夫和儿子。第二天醒来,他和她背对背,缩在床上一动不动。他的背碰到她的背,她就像碰到蛇一样,倏地退到床边。俩人的感觉都糟透了。他突然坐起身来,像疯子一般朝空荡荡的房间问:"为什么?"她却像胎儿般缩在床的另一侧,暗暗地抽泣。他独自出去,在外面没头没脑地转了一圈后,又回来了。碰到老板娘,他问那是什么酒。

老板娘说:"红雪酒。"

"红雪酒?"他问,"这世上有红雪吗?"

"草药叫红雪。很难找的。必须在第二年春天尚存冬雪时才能发现

它。"老板娘说,"它让你忘掉一切,得到无比的快乐。但这一切都是以相等的痛苦换来的,所以酒醒之后更难受。"

老板娘又说:"这世上的事情不都是这样的吗?"

他决定不再喝这个酒,他不想麻醉自己和她。这天黄昏,因为一件什么小事,他和她突然大吵起来,而且吵得很凶,都不知道是为了什么事,却被深深地伤害。他的口气很粗鲁,她拒绝上床。一整夜她都不肯上床。她一直在哭。他上床又下床,像一头困狮,崩溃到了极点。天亮之后,他和她都不听老板娘的劝阻,连早饭都没吃,就贸然下山了。

她一直在哭。他边开车,边恶狠狠地说:"好了,行了,以后我们谁也别理谁,这样总行了吧?"她突然吼道:"都是你!"他责问:"我又怎么啦?"越野车在盘山公路上滑行,结冰的积雪在车轮下咔咔作响。一路下坡,越野车越滑越快,他不敢踩刹车,双手死死地握住方向盘,紧张得浑身发抖。就在一个不大的拐弯处,她突然像是疯了,揪住他发难了,越野车突然打转,轻飘飘地飞了出去,就像大山从自己身上掸掉了一粒尘雪。

老哥儿仨

刘向阳

老大在老家洮南,老二在大连,老三在深圳,平时难得一聚,只有过年了,老二和老三回家祭祖,老哥儿仨才能见上一面。

老哥儿仨很珍惜这一年一见面的机会,总要就着白肉血肠烩酸菜、小鸡炖蘑菇、清蒸鳌花鱼和东北大拉皮,这咋也吃不够的家乡菜,喝着家乡的老白干,把攒了一肚子的话全倒出来。

老大说,我属牛的,过了年,虚岁就六十九了。这日子过得真快呀!一晃,老二也六十七了,老三最小,也是六十五岁的人了。再一晃,我们可就要往土里钻了。

老二说,哥,咱不说这话,咱哥仨身子骨儿都这么结实,为啥不往百岁上奔呢!

老三说,还是二哥说得对,咱苦里爬难里滚,终于赶上这好岁月,为啥不好好享享福呢!说着端起酒杯,招呼着,来来来,为咱老来得福干一杯。

老三的话勾起了老大对过往的心酸回忆,感叹着,是呀,倒退五十年,打死都不敢想,就咱这穷得叮当响的人家,能过上想吃啥就吃啥,想穿啥就穿啥的日子,干打垒的土平房换成了楼房,老二家住上了洋房不说,老三家居然住上了别墅。家家的小汽车都由夏利、捷达,换成了奥迪、大奔。再想想咱们小时候,要不是咱们命大,哪能有今天!?

老二唏嘘着说,要说命大,就属我了。记得我六岁那年,腊月二十八那天,舅舅来咱家串门,拎来一兜子冻秋梨。那时候过年,哪家能吃得起苹果、香蕉和鸭梨呀!能见到冻秋梨,就如同苍蝇见着肉了。我趁大人不注意,偷了一个,啃了一口,那个甜哟!我忍着牙被冰得生疼的滋味,几口就把一个拳头大的冻梨蛋子吃进了肚。偷偷看着那兜冻秋梨,馋得我忍不住又拿了一个吃了。还是不解馋,我又拿了一个,不知不觉,一兜梨快被我吃光。这时,我感觉肚子凉哇哇地疼。我咬牙挺着。可是越疼越厉害,疼得我浑身直哆嗦。实在忍不住了,趴到炕上疼得哭着喊咱妈。咱妈一摸我的肚子,立马吓坏了。我的肚子冰得直扎咱妈手。咱爸常年在松花湖渔场上班,总也不回家。那时候,又没处打电话,怀着身孕的咱妈,背着我跟跟跄跄地去了县医院。医院大夫说我的体温严重低于正常人体温值,幸亏来得及时,再晚了,很可能会死亡。

于是,老哥儿仨为老二大难不死,干了一杯。

放下酒杯,老大抹了一下眼睛,叹了口气,说,我也算福大命大造化大呀!也是那年的大年初一,咱妈给我换上了用自家织的粗布染黑了做的新棉袄。一再叮嘱我要小心穿,来年还要给老二穿,后年还要给老三穿。我高高兴兴地答应着,与咱家隔壁的宝贵去街上看扭秧歌。那时候,尽管家家都不富裕,也都拿出点儿钱给自家的孩子买几挂爆竹。哪像咱家,穷得连一个二踢脚都买不起。买不起,还想放,咋办?我就学着同样买不起爆竹的人家的孩子,抢爆竹。咋抢?就趁着街上的商家给过往的秧歌队放鞭炮时,冒着震耳欲聋的炸响,去抢没响的哑炮。由于我胆子大,不一会儿工夫,我的衣袋就满了。摸着胀鼓鼓的衣袋,那个高兴劲儿啊,我也可以痛痛快快地过把放炮的瘾了。突然,咚的一声响,不仅把我的美梦炸飞了,连新棉袄也被炸出了个大窟窿。过后,听大人说,亏得只响一个爆竹,要是衣兜里的爆竹都响了,我的肠子肚子肯定炸烂了,命就没了。

于是，老哥儿仨又为大哥死里逃生，干了一杯。

老三抬起汪着泪的眼睛，有些哽咽地说，要说命大最数我了。你们谁也不会忘记，咱妈就是那年正月初六死的。咱妈死的头一天，就下起了冒烟雪，到了第二天，雪都没了膝盖。那天，咱妈知道要临产了，提前把你俩托付给邻居家。我小，才三岁，咱妈不放心，把我留在了家里。接生婆也是咱妈自己请来的。按照接生婆的吩咐，咱妈卷起了炕席，将柴火灰铺到土炕上，然后，躺在了上面。接着，我看到咱妈大声哭起来，血从咱妈的两腿间流水一样地淌着。接生婆战战兢兢地喊着，不好，是葡萄胎！说罢逃也似的跑了。我哭着喊着叫妈妈，可妈妈就是不应声。我想起了住在南胡同的爷爷奶奶。于是，我冒着鹅毛大雪奔向南胡同。咱家离南胡同爷爷奶奶家也就半里地，可我怎么努力也走不到。后来，我倒在了雪地上。不知过了多久，我醒了。守在炕沿跟前的奶奶说，孙子，你真命大呀！我问奶奶，我妈咋样了？奶奶哭了。

老哥儿仨搂到一起，老泪哗哗地流着，喝一杯酒，流一阵泪，喝一杯酒，流一阵泪……

工 钱

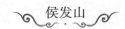

侯发山

已经连续五个月没发工钱了。这在往年是没有过的事。过去，不管工程是否完工，不论甲方是否结算，包工头张虎每月都会按时给大伙儿发工资，从不拖欠。

前段时间，工友们曾问过张虎。张虎说："面包会有的，一切都会有的。大伙儿把心放到肚子里，年底我给你们结清，分文不少。"

张虎这么信誓旦旦的一表态，大家也不好意思再说什么，平时张虎待他们不薄，况且他们都是一个村出来的，跑了和尚跑不了庙。说实在话，工地上管吃管住，张虎给他们发洗澡票、理发票，也不需要花什么钱。

林子大了，什么鸟都有。私下里，还有人发泄着不满。

陈恩说："张虎说不定把钱存起来吃利息呢。"

王山说："将来张虎要是卷钱跑了咋办？这事电视上没少报道。"

陈恩说："借给他个胆他也不敢，他若那样做，他的老婆孩子，还有老娘，咋在咱村里混？"

王山说："担心他拖来拖去拖到最后，拖得大家都没脾气了，象征性地给几个了事。"

"少一分试试！"周林晃了晃手里的瓦刀。那架势，若是张虎在跟前，说

不定会一刀砍了他。

他们发牢骚也是有原因的。

这地方是个城乡结合部,离城市中心远,有生意头脑的就在工地附近弄个铁皮房子,经销烟酒、水果、劳保用品,还有几家小吃店,打着理发旗号干着其他行当的也有五六家。王山在"等你来"洗头城认识了干足疗的小青。有好几次,小青提出要给王山按摩,费用也不高,一次一百元。王山有心让小青按摩,却因囊中羞涩拒绝了。

陈恩呢,认识了"不见不散"发廊的小美。陈恩下了班就往小美那里跑,两个人眉来眼去说说笑笑的,很像恋爱中的男女。有一次,一个客人在理发,见到两人的热乎劲儿,忍不住问小美:"小美,是你男朋友啊?"小美咧了咧嘴:"没给我买过一件衣服,没请我吃一顿大餐,我的亲哥,你说算不算?"羞得陈恩站起来就走,有心再去,没好意思。

铁皮房子中有个麻将摊。周林爱打麻将,飘雨落雪了,工地上没活儿,他就往那里跑。有一次,他忍不住上阵跟人较量,本想赢个百儿八十的当作本钱,谁知道,第一局就输了,把自己身上的衣服脱个精光,只剩下裤头。他盘算着,等过年开了工资,一定好好赌一把,挽回自己的脸面。

类似王山他们的,工地上还有几个。往年,他们都没少在这方面消费。因此,他们对张虎不给发工钱,别提心里有多恼火了。恼火归恼火,但也没办法。

时间过得很快,转眼就到了年关。

私下里,周林给大伙儿出主意:"到了年关他再不发工钱,咱就集体上楼自杀,看他发不发?"

陈恩说:"不妥,这么做也是违法的,咱就找媒体曝光。现在全社会都在关注农民工工资……"

最后,大家都觉得陈恩的办法好。

这天是放假的最后一天,张虎把大家集中在一起开了个会,做了简短的总结,然后给大家发放了返程的火车票。

看着手里的火车票,王山憋不住傻愣愣地问:"工钱呢?"

张虎呵呵一笑,说:"工钱已经给你们寄到家里了,包括这几个月的利息,估摸着这时候你们家里应该收到钱了。"

陈恩当即拨通了老婆桂花的电话,故意按了免提。没等他说话,只听桂花在电话那端兴奋地说:"死货,收到工资了,比去年多三四千呢……啥时候到家?我给你包你最爱吃的扁食。"

闻听此话,大伙儿都哈哈大笑起来。不知道谁提议的,他们把张虎抬起来,使劲往高空抛——这是他们喜欢一个人的表达方式。

酱鸭脖

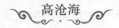
高沧海

李余不喜欢卖酱鸭脖的那个男人。

每次李余穿过小清河北路那个菜市场，男人隔老远就打招呼，老哥，来半斤鸭脖？虽然他明知李余从不吃他的酱鸭脖。

李余经常想，卖酱鸭脖的若不是这个瘦成芦苇秆的男人而是一个受看的胖乎乎的女人，他倒真想尝尝酱鸭脖的风味儿。这倒不是咱李余不正经，你想啊，女人宽厚的身板，脸庞一定也丰盈，笑起来，就比男人那刀条脸有内容，有如春花之灿烂，让人心生温暖。对，温暖，这让李余想起自己去世多年的婆娘。

一转过小清河那座桥，李余有些怀疑自己的眼睛，卖酱鸭脖的竟然真的换成了一个女人。李余站在酱鸭脖的柜子前，女人不像早先那个瘦男人一样说，老哥，来半斤鸭脖？她只对李余微微笑了一下。

好。李余从心里说。第一眼，她就是李余心目中好女人的样子，清亮，干净。她卖酱鸭脖，李余买酱鸭脖；她是主家，李余是过客。对，就这样，目标明确，目的单纯。李余说，就来半斤酱鸭脖。

李余问女人，男人呢？女人说，病了。

男人一直没出现，李余每天下午来买女人的半斤酱鸭脖。

女人劝李余，她说，鸭脖再好吃，哪能天天吃？吃腻了一回，就再也不想吃了。自李余的婆娘死后，这样暖心贴肺的话再也没有了。这些年，李余从没想过要另找个女人。如今，卖酱鸭脖女人的几句话，让李余这个单身老男人有些许的激动。女人身后的蔷薇很好看，李余想自己是不是有些失态呢。

再来买女人的酱鸭脖时，李余给她带来几个黄桥烧饼。李余说，买多了，吃到明天就不脆了，你帮帮忙吧。女人笑了，李余很不好意思，女人一定是看穿了自己的鬼把戏。

女人收下了，李余长出一口气。

第二天，李余还想跟第一天一样，再给卖酱鸭脖的女人带一点儿好吃的东西来，但是李余不好意思。真的，李余家里的婆娘活着时，整天笑话他。她说，老天真是安排错了，一个老爷们儿家家的，脸皮薄得咋像小姑娘？李余接过鸭脖时，女人顺手塞给李余一个小包，说，醋腌的花生米，脆得很，你尝尝。

回到家里，李余一粒粒吃着花生米，嘎嘣脆，味道真的好。李余想，这算什么事呢？她卖她的酱鸭脖，我买我的酱鸭脖，大路朝天，各走一边，很正常。那黄桥烧饼和醋腌花生米呢，礼尚往来吗？花生米是礼尚往来，黄桥烧饼算什么，难道我李余爱上了这个女人？不，不，难道是这个女人爱上我李余了？不，不，开玩笑，那怎么可以！

李余好长时间没去清河北路的菜市场，他害怕看到卖酱鸭脖的女人。

远远地又看到那个女人，李余有些不屑自己，怕什么呀，充其量是两个烧饼一把花生米的事，再大，能大到哪里去？李余整整衣冠，去买女人的酱鸭脖。

女人一边给李余包鸭脖，一边说，有时间不见您了。

李余清清喉咙，说，你男人，有日子没来了吧？

女人低低地说，他还病着。

李余很想问问女人她男人的事，看病缺钱不？有那么几次，李余怀里就揣着好几沓钱，想象中他豪迈地说，妹子，拿着！但，且慢，李余又否定了这

个想法。对于女人来说,她和李余的交情就是鸭脖的交情,顶多再加上黄桥烧饼和花生米,这个交情太浅薄,她一定不会收下这个钱。想象中他又拍着胸脯说,妹子,哥有钱!看见这银座大楼没有?整个银座二楼都是我李余的,对,李余就是我。每年收进来的租金你知道有多少吗?顶你卖一辈子的鸭脖!啥,你不信?一个只吃得起鸭脖的老头子会有很多钱?笑人哩。

李余最终没把钱掏出来,他以匿名的方式把钱转交给了男人。

女人依旧卖酱鸭脖,李余依旧隔三岔五地光顾。

女人有一天傍晚来找李余,她带来一包酱鸭脖,李余打开一瓶酒。客厅外的木质露台一直伸到荷花塘里,风清水秀。

夜如幕布缓缓拉开。李余想说,留下来吧。但是,李余没说。

女人说,谢谢你,我该走了。

李余说,好。

露台上,一个人的月亮升上来,清亮,干净。李余举着酒杯,对着另一只酒杯,把它想成是女人的男人。李余说,来,兄弟,咱干了这一杯,祝你健康!

咱再干一杯,祝你长命百岁!

李余吃着酱鸭脖,鸭脖的味道非常好。

我们都是大人物

顾振威

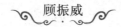

带着满腹愤懑,怀揣锋利水果刀,我漫无目的地在大街上徘徊着。

街灯次第亮了起来。当我双眼喷火要找老板建新算账的时候,一个个子矮矮、衣着邋遢的人走近我,脸上带着讨好的笑,目光满是乞求:兄弟,我想请你喝酒,你不会拒绝我吧?

我一愣:咱们素不相识,你为什么请我喝酒?

那人嘿嘿一笑:今天是个团圆的日子,我不能和家人团圆了,一个人喝酒怪孤单的,你就陪陪我吧?

抬头望月,在璀璨灯火烘托下,城里的圆月竟是朦朦胧胧的,似乎隔着浓浓的云雾。今夜月圆人共望,秋思一定在我家。想起远在家乡的亲人,我的双眼湿润了。"我叫陈进士,整天在大街上捡破烂。我背的化肥袋子里有酒有菜,咱们还是坐在广场草坪上喝酒吧。"他说。

和陈进士来到广场,坐在草坪上后,陈进士从化肥袋子里掏出两瓶酒,一摞一次性纸杯,四双卫生筷,几个盛凉菜的塑料袋。

"咱们两个喝酒不热闹,我还是把好朋友郝天良请来吧,他是个清洁工。"陈进士说着就掏出手机,娴熟地按下一串数字后,不到十分钟郝天良就风风火火地赶来了。

半杯辣酒下肚,陈进士打开了话匣子:"闲了没事我常琢磨,其实啊,我们都是大人物。"

我迷惑不解了,一个清洁工,一个捡破烂的,一个建筑工地掏苦力的,怎会都是大人物呢?

陈进士把一颗花生仁放在嘴里,有滋有味地嚼着:"在家里,我们是家长,家长是一把手吧?我们经常和外面的人打交道,是外交部部长吧?经常教育子女,是教育部长吧?掌管着家里的财政大权,是财政部长吧?有这么多的长集于一身,谁敢说我们不是大人物?"

陈进士倒了半纸杯酒,双手捧着递给我:"兄弟,咱们都是大人物,大人有大量,有什么难处对哥说,千万别闷在心里。"

圆月静静地挂在天上,在我泪花闪闪的眼中,这轮圆月竟也和故乡的圆月一样,是那样安详,那样莹白。

看我仍然闷闷不乐,陈进士在化肥袋子里翻找出了竹板,打着竹板有板有眼地唱开了:"竹板这么一打,别的咱不夸,夸咱们这些大人物都是干啥的?都是干啥的?城市美容师,虽说有点累,工作挺重要……"

陈进士的手机响了,他放下竹板按了免提:"进士,八点多了,你怎么不回来吃月饼?"

陈进士抱歉地说:"我和两个大人物在外面喝酒,别等我,你们该吃月饼就吃月饼。"

"这么说你的家人都在这城里?"我问陈进士。

"是啊,实话告诉你吧兄弟,我跟踪你一个多小时了。看你眼里满是怒火,又在超市买了水果刀,我就担心你会出事。兄弟,咱们都是大人物,遇事要沉着冷静。没有过不去的火焰山,有什么事哥帮你,天良兄弟帮你。"

进士大哥这几句话说得我热泪涟涟,冰冷的心渐渐温暖起来,就对进士和天良敞开了心扉:"我在工地上干六个多月了,工头一分工钱也不发给我,要也不给,让我怎么给家人交代?儿子考上了大学,学费都是妻子想办法借的。今天中秋节，我怕家人打电话问工地上的事儿，问工钱的事儿，就没敢开手机。"

"这就是你的不对了。"陈进士盯着我说，"在今天这个特殊的日子里，你怎么不开手机呢？"

我刚打开手机，铃声就响了起来，是老家的号码，妻子的声音："给你打好多次电话了，你总是关机，让人担心死了，你没啥事吧？"

"我正与刚认识的两个大人物喝酒。没给孩子拿一分钱的学费，真对不起你们。"

"建新不让我说，我还是告诉你吧。这几个月，建新每月都汇来三千块钱，说是你的工钱。"

我惊愕地瞪圆了眼："建新为什么不把工钱直接交给我呢？"

"我了解你，建新也了解你。他知道你好赌博，好喝酒，花钱大手大脚的，就没敢给你工钱。"

我拨通建新的手机，建新焦灼地问："你快回来吧，工友们都在楼顶上聚餐看月亮呢。"

深情凝望皎皎明月，再看看身边的陈进士，我滂沱泪水汹涌而下。

还你人民币

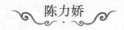
陈力娇

　　许新生和荆飘飘在京州火车站等车，他们是出来参加一次学术交流会，之所以在一起是因为他们坐的是两趟发车时间只差半小时的火车。

　　许新生说，我们不能进站里等，三个小时在候车室能把人憋死。荆飘飘说，那我们就在站前商场的台阶上等，这里眼望京州繁华的街景和人群，没准儿多少年后会成为我们美好的回忆。

　　许新生听从了荆飘飘的，他们在一家叫美华的商场前高高的台阶上坐定。许新生坐下就开始发短信，是发给他的未婚妻子，他们正处于热恋当中。荆飘飘没什么人可发，就发给一个十分要好的女朋友。许新生发短信比较简洁，他总是比荆飘飘先发完，然后等荆飘飘"嘀嘀"地按键。

　　许新生说，我知道你是发给谁，肯定是发给你老公。荆飘飘说，不，是婚外情，发给婚外的老公。荆飘飘说得不疼不痒，许新生的脸却红了。荆飘飘看到他的窘态，说，哟，看不出是书生啊，没吓着吧？顿了一下，荆飘飘又叹气一样吐出一句：说什么都信，你还真逗。

　　正说着，有一个小男孩跪在他们面前，他手里拿着一块牌子。荆飘飘伸头去看，原来是为求学行乞，荆飘飘想都没想就掏出五十元扔了过去。许新生看她如此举动，想拦已经来不及了。许新生说，像这样的你不该信，多半是假的,你慷慨实际是在受骗。

荆飘飘不以为然,她说,我想到了,但他是为求学,理由蛮新鲜的。许新生诧异地向荆飘飘投去不可思议的眼光,心想,仅仅是为了一个理由?

许新生是南方人,见的世面多,人就理智;荆飘飘是北方人,又生活在温馨的小城市,性格相对来说有些单纯与直白。

这时荆飘飘一眼看到街对面有个公厕,也是为回避许新生的话题,她说,我去一趟公厕,你来看东西。就起身去了公路的另一边。

从公厕出来,看到旁边是一个连一个的水果店,荆飘飘想,应该买点香蕉,总不能两个人干坐着,便掏出五元钱买了四只香蕉。

就在荆飘飘拉上背包拉链要走的那一刻,水果店年轻的店主对荆飘飘说,把你那一百的换给我吧,我结账方便。店主眼尖,看到荆飘飘兜子里露出一张红色一百的。这是红色一百刚流通的时候。荆飘飘抬眼看去,看到一张朴实真诚的脸,还看到店主手里拿着的都是零碎钱,最大面值是十元的。荆飘飘想,这样的钱结起账来确实不方便,就忙从自己的兜子里掏出那一百元钱。

店主递过零散的钱时,荆飘飘数了数,发现少了两元,就说,你怎么少给我两元? 店主说,是吗? 接过钱在荆飘飘的眼前重新数,数得的结果确实是少了两元,就知错地又添上两元,递给荆飘飘。

荆飘飘接过钱,转身去找许新生。

许新生看见荆飘飘过来,已经拎着他们的东西迎了上来。他穿过马路对荆飘飘说,你来看东西,我也去方便一下。就把他们共同的几个包放在一个水泥台阶上让荆飘飘看着,自己独自而去。

许新生走后,荆飘飘把裤兜里刚才换来的钱拿出来,她想把它归拢一下重新放进包里。这一看吓了一跳,手里的钱不是刚才的九张十元和十张一元的,而是一张十元的和十张一元的。拿着这二十元钱,荆飘飘什么都明白了。

情愫·飘香的臭豆腐

许新生回来后，看见荆飘飘已经变成了另一个人。她神色冰冷，目光散淡，什么也没对许新生说，匆匆地奔水果店而去。到了那儿，荆飘飘把手里的二十元钱狠命地向店主脸上撒去，她一边撒一边声音高八度地说，至于吗？至于用这种卑劣的手段骗钱吗？磊落点不行吗？光明点不行吗？正当点不行吗？不就是钱吗？你要多少？你说个数。

荆飘飘的眼泪出来了，她一边哭一边从自己的兜子里往出掏钱。她的钱都放在兜子的里层格里，她费挺大的劲往出掏着，泪水阻挡了她的视线。她掏出一些撒给店主一些，再掏出一些再撒给店主一些，直到她撒完兜子里的三千元钱，才跳下台阶一个人奔往火车站。

许新生和店主都吓傻了，许新生顾不得那些纷纷扬扬的钱，店主也顾不得那些纷纷扬扬的钱。他们互相问，怎么办？

第二天，这个水果店出现一件令人不解的事。在它的窗楣上，从东到西悬着一根三米长的电线，电线上用塑料夹夹着三十张百元钞票及八十元零头儿。这些钱袅袅娜娜，羞羞涩涩，依次排开，像一张张不安分的嘴巴向人们述说着什么。

门旁还贴着这样几个字：还你人民币。

几天以后店主收到一个叫许新生的人的信，信上提供了荆飘飘的地址和名字，还有身份证号。

店主把钱寄还给荆飘飘时十分抱歉，却没忘记在附言里问荆飘飘两个问题，为什么不破口大骂而是痛哭流涕？为什么损失了八十还要损失三千？

此时的荆飘飘已恢复平静，她正在电脑前赶写一篇有关民族素质的文章。她想了想，停下来，准备郑重其事地回答店主的问话。

儿子的笑

何 涌

儿子一定要父亲来一趟城里。

那天,父亲在电话那头嗯了又嗯,儿子知道,父亲心里又有什么迈不过的坎儿。就说:"爹,您放心来吧,我这儿有钱!听见没,唰唰唰的声音?"

电话里的确有唰唰唰的声响。那是一沓钱向父亲隔空招手时,搅动空气发出的令人神清气爽的声音。父亲一定听得真切,就期期艾艾地应下了。

儿子便舒一口气,丢心落肠地出门,在屋外的阳光下痴痴地站了一会儿。然后,他又钻回工棚,大五大十地数起钱来。

那是他的全部家财。刚才,在电话前给父亲虚张声势地抖过响响以后,才装进裤兜里去的。若要细究起来,有昨天听到父亲的病情后急急忙忙从银行取出来的,也有自己装在身上零花的。他取完搜尽,还差那么几十,才能凑够一千。

反复数过两遍,儿子思忖一番,又拿起了电话。头一个,打给一个乡音未改的姑娘,听得出来,那姑娘才找到工作不久,说前两个月的工资都作为保证金,压在老板手里了。

叹了一声,儿子开始拨第二个电话。这个电话里的人一定有钱,他恶声恶语说的话,在电话里跑那么远到达这头儿,居然反客为主,说:"借什么借?

你一个月挣我几个工钱？前边借的还没还上，妈的病好了，难道爹的病又犯了不成！"

儿子激动得脸都红了。抹一下额头的细汗，回答说："就是，就是……"第三个"就是"还卡在喉咙里，对方的电话已挂了。

悻悻地坐回吱嘎响的床上，儿子双肘抵住膝盖，双手托着薄腮，开始想他老家乡下的父亲。他看见地里的玉米干枯，他看见父亲赶着羊群在山窝里弓腰驼背地行走，他看见半夜突然从梦中惊醒过来的父亲，一边摸索着床头的电灯，一边不知跟谁求爷爷告奶奶地说："我不能走，我儿子他还没娶上媳妇……"不觉间，儿子的脸上出现了两道泪痕。等到牵起衣袖擦干，他再一次拾起了先前气咻咻甩到床角的那只手机。

接下来，不知道该给谁打电话了。村子里出来的人多了去了，可给谁说个借字都不好开口：有些人不相信他能还上，有些人呢，钱就是他的亲爹亲妈……把手机上存的名字翻了个遍，儿子在几个好说话的名字前边犹犹豫豫地划来划去，最终，还是一指划开。真不好意思啊，那些好说一点儿话的人，他在此之前都告借过了。

也就是这时候，儿子眼前一亮，突然想起了网络上的"裸贷"。真是天无绝人之路！儿子赶忙在百度上搜，在微信圈里找。一找，果真有那么回事儿。

儿子高兴得双手发抖，拨通了一个刚刚得来的电话。他怕对方听不清楚，自己道不明白，把要裸贷的想法重复了三遍，对方这才开口，问他是不是有毛病。还没愣过神来，对方又不耐烦地补充说："难道你没注意到，我们公司的业务有潜规则吗？告诉你，拒绝男士！"

没辙了，儿子又回到给老乡打电话的老路上来。这是没办法的办法。

话一对上，两个人的关系果然非同一般，都是好久不见，非常想念的语气。几句嘘寒问暖之后，儿子结结巴巴地说："我最近弄了一瓶好酒。"对方问："啥酒？"儿子支支吾吾，只说："这些年你没少帮助过我，你得赶紧过来，

我这儿找不到地方藏,过了这个村,就没这个店了!"

怕对方不信,儿子捏了捏裤兜里的钱,咬咬牙,又发了断子绝孙的毒誓。

发完毒誓,儿子对着工棚墙上的镜子捋了头发,出工地,上了大街,拐进商场提一瓶酒出来,径直往一家叫"芋儿烧鸡"的路边店去了。他算过账了,兜里的钱,满打满算,只能到这样的地方去凑合凑合。

儿子买的,的确是一瓶好酒,价格在六百到七百之间。

这叫豁出去了。豁出去的儿子把客人喝高了。客人一头重脚轻,就擂胸击掌,昏天黑地借给他厚厚一沓钱呢!

第二天,爹该来了。

大清早儿,儿子揣上借来的钱,去车站,接上了父亲。和父亲强忍着剧痛的模样不同,跟母亲心疼病爹的模样不同,他们亲爱的儿子,从接上的那一刻起,一直面含微笑。儿子带着他们,在医院的诊室间穿来穿去。看得出来,儿子没有想钱是如何来的,而是尽情地享受着花掉那些钱的过程,对每一个伸手向他收钱的人,脸上都堆满了灿烂的笑容。

这时候,爹和妈也注意到了儿子可疑的表情。

爹在心里说,稚嫩的儿子已经长大,知道心疼人了。他看到儿子脸上那故作轻松的笑,心想自己得的不是什么好病。这么一想,爹看向娃儿他妈的目光,就掩不住阵阵哀伤。

妈知道爹是什么心思,背过爹,偷偷叫住了儿子。妈说:"儿啊,你安慰你爹,也不能笑成这样的啊!"

儿子惊问:"妈,怎么了?"

妈说:"你老这么笑,你爹都起疑了!"

愣了愣,儿子突然哭了起来……曾经,儿子不止一次地希望,爹,或妈,能有一场像模像样的大病,那样就轮到挣了钱的自己闪亮出场,像模像样地为他们花一次大钱。现在,这大手大脚的愿望好不容易实现了,儿子心想,爹和妈,你们咋又这么误会我呢?!

风　景

金·光

　　摄友们的眼总是尖的，耳朵更灵。这几天大家正吵着要到盘古山拍摄明代建筑，行话说，越是古董拍出的图片越艺术。

　　盘古山在一百二十多公里外的熊腰乡，已经二十一世纪了那里仍几近封闭。还是摄友老陈逛街时，听两位刚碰面的驴友说的。那时候正值过午，一位驴友拉着另一位驴友问他上周去哪儿了，驴友说上盘古山了。又问盘古山在哪儿，回答说在熊腰乡。再问那里好玩吗，回答说很不错，山上有一片明代大院，一排七座，值得一看。就这几句对话，把摄友老陈听得耳朵发痒，赶紧联系几位摄友，安排车辆，带着器材前往盘古山。

　　老陈坐在车上，向大家重复着那两位驴友的对话后说："明代建筑，本来就不多了，加之在深山老林，更是珍贵，说不定通过咱们的拍摄可以挖掘出一处旅游景区呢。"罗锅立刻附和："就是哩，七座一排的古院落，形成一道优美的文化风景，实在太有价值了！"罗锅是市报的资深摄影记者，背上长了一块脂肪瘤，虽无大碍，却明显有一块肉疙瘩，大家就喊他"罗锅"。

　　车开到山下一个村庄就没有上山的路了，只好弃车步行。"罗锅"找了一位村民，让他指了指盘古山的方向，之后大家攀了七八里的羊肠小道，终于看见半山腰几棵大树下露出几处瓦屋顶。

老陈精神振奋，大跨几步爬上了陡坡，正要振臂高呼，却愣愣地站在那儿。原来，映入他眼帘的是一排残垣断壁的土木建筑，静静地躺在大山的怀抱，院外的碌碡、捣米臼残缺不全，空场上长着半人高的荒草。所有摄友没有一个人说话，拿出相机不住地拍摄。

过了一会儿，人们从第一个院落进入，或拍石刻门礅，或拍木雕窗花，将所有的东西都收进自己的镜头中。只有罗锅默默地走动着，从院落的后道上穿过，像是在寻找着什么。终于，在第五座院落中，他停下了脚步。

一位老婆婆静静地坐在院里的石桌前，面前放着一个粗瓷大碗，碗里有两个剥了皮的熟土豆。罗锅生怕打扰了老人，蹑手蹑脚地走过去，调整了角度，蹲在那儿给老人拍了几张特写。

老人用昏花的眼睛看着罗锅，露出了和蔼的笑容。罗锅也笑着，看见老人身边有一块磨光了的青石，轻轻地坐了下来："奶奶，你多大年岁了？"

"八十七啦。"老人依然笑着，但说话时，已经没有了下牙。

"这，这院里还有别人吗？"

"就我一个，他们都走了。"

"那你为啥不走呀？"

"我哪也不去，这是我的家。"

"他们去哪儿了？"

"不知道。"

老陈听见院里说话，也走了过来。罗锅站起身，拉着老陈走进了婆婆的屋内。房间里潮湿阴暗，隔墙歪斜着，因为屋顶年久失修被雨水淋塌了一半儿，瓦土也从棚楼上漏了下来。婆婆的土炕上铺着破烂的褥子，只有掉了漆的木桌上放着一把擦得光光的青花瓷茶壶。老陈对着茶壶想拍几张照片，却被罗锅挡住了，两人慢慢地从屋内退了出来。

大家拍过图片，兴高采烈地集中在老婆婆的院子里，大谈收获。只有罗锅不吭声，默默地坐着。一位摄友走过来说："罗锅，你看这院子这房子这婆

婆,多么好的风景,你咋不拍,愣坐着干啥?"

"这不是风景!"罗锅突然烦躁地说着,然后拿出手机,边走边寻找信号,直走到场外的碌碡前才听到儿子的话:"爸爸,有事吗?"

"有事儿。你给我到超市买上一袋米一袋面一壶油,挑最好的,再买一套好被褥,租个车送到熊腰乡盘古山薛家老院,我们在这等着你。"

打完电话,罗锅快步走回院子,对婆婆说:"奶奶,一会儿让孙子给你送吃的。"

"哦。"老人似懂非懂,只顾点着头笑。

女老板

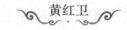

黄红卫

我的上司是个女老板。

女老板叫阿宁。

阿宁说,我努力赚钱,是为了一个男人。阿宁说这话时,年已不惑。年已不惑的阿宁仍然单身。

我记得阿宁说这话时的场景。

当时,我坐在阿宁对面,商量如何应对即将到来的重要客户。

阿宁的妈妈突然来了。用阿宁的话说:"您为何撞进来?"阿宁妈妈看看我,似有某种顾虑。阿宁说没关系,秘书。

阿宁妈妈说,好好好,秘书丫头你也替我劝劝阿宁,眼看又长一岁了,仍不找对象。前几天阿宁阿姨介绍了一个,电视台的,家境……未等妈妈说完,阿宁"呼"地站起来:好了好了,别说了! 阿宁妈妈扭了扭屁股,把身子坐正:总该回人家一声吧,见或不见? 阿宁把手中的笔记本重重一搁:我早说过了,我的事不用你们操心!

阿宁妈妈使劲揪住自己衣领,嘟囔道:阿弥陀佛……我怎么养了你这个冤孽呢? 阿弥陀佛……阿……阿……阿宁妈妈脸色越来越苍白,朝一旁歪去。阿宁扑过去,从妈妈口袋里掏出"速效救心丸",我连忙递过水杯……等

妈妈缓过气来,阿宁示意我把妈妈扶进里间沙发,这沙发是阿宁的临时床铺。也难怪阿宁妈妈拜了菩萨又信上帝,阿宁为示反抗,动不动在这儿过夜,动不动十天半月不回家一次。

我过来应聘秘书职位时,朋友就奉劝过,老板是个女老板,而且是个老丫头。我们这儿,女子到了一定年纪不嫁人,就被称作"老丫头"。朋友说凡是老丫头脾气都古怪。我说我听说了,我是女老板的第六任秘书。

自以为有准备,我仍被气哭了几次。

有一次起草文稿,比规定时间迟了一分钟,女老板就用手中的圆珠笔敲打着无辜的笔记本:下不为例,否则走人!

工作不好找啊,否则的话……我想女老板也是人啊,凡是人,特别是女人,总有柔软的一面吧。我揣摩着,终于揣摩出了女老板相对另类的爱好,特意去文庙古玩市场淘得一幅宋代米芾《木兰诗》的拓片,近代之作。女老板不嫌弃,视若珍宝,破天荒请我吃了顿海鲜大餐,完了拐入汗蒸馆。从汗蒸馆出来时,我俩勾肩搭背俨然姐妹,我说谢谢亲爱的女老板,明天见! 女老板挥挥手:叫我阿宁! 以后叫我阿宁!

那天,送妈妈走后,阿宁让我坐到她对面,叹着气说,我努力赚钱,是为了一个男人。

这才是阿宁的软肋呢。我保持倾听的姿势。

阿宁说,你知道我名字的来历吗? 我出生在南京,随爸爸在部队大院长大。那个男人,不,当时是个男孩,也在部队大院。我们同校,他比我高两级。我们几乎没说过什么话,"盈盈一水间,脉脉不得语"那种。高考结束,他落榜,他们家决定让他回老家大西北复读,那边录取分数低。离开那刻,他故意停下步子,目如闪电。后来,那道闪电经常出现在我梦里。

你们就没有联系过?

没有。所有的信息都是从网上搜来的。

他去大西北不久,他们家和我们家相继离开了部队大院。这么多年来我不是没处过男朋友,而是无法相处。我的眼眸总会划过那道闪电,有时远在天际,有时近在咫尺。一天夜里,我又一次被闪电惊醒,无奈之下打开电脑,祈求万能的百度。未想,搜到了许许多多关于他的图文,他已经成为他们那座城市著名的内科医生。

从那天开始,我产生了奇怪的想法:我不可能成名成家,但我可以挣钱,然后做好事,做慈善,做得像他一样出色,说不定哪天,他也像我一样,上网搜我。

我说,你就没有去大西北看看他的想法?去吧,女人,青春说逝就逝。

阿宁的眼眸里划过一道闪电。

阿宁选择了火车,她说要走当年那个男孩走过的路。很快,阿宁来了电话说,不巧,他出去进修了,要等数月后才能回来。阿宁没有急着返回,而是游遍了那座城市的角角落落。阿宁说似乎感受到了他的气息。

阿宁第二次去大西北,是来年秋季,阿宁又一次把自己打扮成病人,戴了口罩、眼镜。阿宁说即使不戴这些,他也认不出我来,肯定认不出来。

闪电了吗?我急着问。

他也戴了眼镜,是近视眼镜,镜片及脑门的反光,差点儿让我晕过去。没想到,他秃得这么厉害!

后来,阿宁与我介绍的男人见了面,进展非常顺利,不出意外的话,今年十一结婚。

寻找恩人

韦 名

建涛发誓,这辈子一定要找到女儿的救命恩人,给他恭恭敬地鞠个躬,道声谢。

女儿描述的救命恩人是个不高不矮、不胖不瘦,说话不卑不亢、眼睛不大不小、头发不长不短的中年男人。

女儿说,那天上午,事情来得太突然了:站在马路边等车的她发现一辆车疯了一样向自己狂奔过来。小嘴张得巨大的她,既说不出话,也挪不动身子,眼睁睁看着车子朝自己飞奔过来……就在车要辗上她的刹那间,说时迟那时快,她被一个人扑倒在路边的绿化带上——疯狂的车从女儿刚刚站着的地方呼啸而过。

和女儿一起倒在绿化带上的中年男人扶起了脑子一片空白的女儿。女儿却站不稳,蹲在绿化带上,瑟瑟发抖。

"没事了。"中年男人安慰了女儿一句,再次扶起女儿。

惊魂未定的女儿终于抬起了头,看到中年男人眉心间一颗黑闪闪的痣。女儿连一声谢谢也没说,只呆呆地望着沾了一身泥水的中年男人,头也不回地消失在马路上。

救了女儿一命,女儿却来不及对恩人道声谢,建涛心里不安,发誓这辈子一定要亲口向恩人道谢!

为了心中这一声谢,多少年,只要一有空,建涛就四处寻找恩人。

可除了女儿当初对恩人的简单描述,建涛对恩人一无所知。女儿当初描述的恩人,在芸芸众生里,普通得不能再普通,无异于稻仓中的一粒稻谷,找这样一个人,也无异于大海捞针。

执着的建涛却不言弃,一直在寻找恩人。

在寻找恩人的过程中,建涛也做了很多和恩人一样的好事,成了别人嘴里的恩人。

女儿就在建涛不断寻找恩人的日子里逐渐长大,成了别人的女人——尽管建涛心里不大乐意女儿嫁给一个罪犯的儿子,可看到女儿后来拥有了自己活泼可爱的女儿,一家三口过上了幸福的生活,建涛认了。

看到女儿的幸福,建涛寻找恩人的决心更加坚定。

多年过去了,寻找恩人未果。建涛不仅不放弃,还在家里亲自给恩人画像,画眉心里有黑闪闪的痣、不胖不瘦、不高不矮的中年男人。

建涛画了一张又一张,每一张都和大街上行色匆匆的人差不多。建涛画完就让女儿认,每一张画,女儿都说像又说不像。

画到后来,建涛便根据岁月的流逝,把中年恩人画成了老年恩人:皱纹加深了,头发变白了……当然,唯一不变的是眉心间的那颗痣。

女儿说,除了那颗痣,父亲画的恩人怎么越看越像父亲。

建涛无语。建涛不间断给恩人画像,不间断寻找恩人。日子就在建涛的画像和寻找恩人中悄悄流逝。

突然有一天,女儿告诉建涛,她想和男人带着女儿去遥远的地方看望从未谋面还在服刑的家公。

女儿说,嫁鸡随鸡,嫁狗随狗。不管家公昔日犯过什么错,他终究是男人的父亲、女儿的爷爷。

建涛欣慰地点了点头。

几天后，建涛接到女儿电话："爸！我找到他了！我找到十五年前救我的恩人了！"

"在哪？"建涛着急地问。

"就在这里！就是家公！"女儿告诉建涛，恩人的其他特征她没有多大印象，可她忘不了恩人眉心间的黑痣，"家公眉心间就长着这么一颗我永远也忘不了的黑痣！"

建涛惊讶得张大嘴说不出话。

"可他看着我们三个，听我激动地讲十五年前的那一刻，始终不承认他曾救过我！"

"你确定是他？"建涛很久才回过神来。

"爸，错不了，就是他！"女儿有点儿懊恼，"可他为什么不承认呢？"

在和女婿通电话一番深谈之后——这是女儿嫁过去后，建涛第一次和女婿长谈——建涛决定去拜会这位他一直持有偏见的亲家公。

"谢谢你！"尽管一见面，亲家公和建涛画的像一点儿也不像，建涛还是隔着厚厚的玻璃深深地给亲家公鞠了一躬。

"谢谢你！"亲家公也深深地给建涛鞠躬。

建涛提醒亲家公：十五年前的那天早上，经过一夜极其痛苦的思想斗争后，你从家里出来，一个人默默地沿着当时车少人稀的马路朝公安局走……就在路上，你是不是救了一个差点儿被车撞到的女孩？

听着建涛颇为激动的叙述，亲家公却一脸平静，十五年前的事似乎和他一点儿也没关系。

看着平静如水的亲家公，建涛没再继续说下去。来看望亲家公之前，他找到了当年处理亲家公自首的警官。警官说了一个细节，亲家公自首时衣服上一身泥水，十分狼狈。警官问他，他支支吾吾啥也没说。

建涛又隔着厚厚的玻璃给亲家公深深鞠了个躬，离开了监狱会客室。

影　子

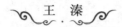
王　溱

老倌八十有余，牙好胃口好，眼睛能看报，儿孙都说怕是要活成老妖精。老倌眼一瞪：胡说，把老婆子伺候到头我就走了。

这话明摆着要找事，果然事就来了。

这天他拄着拐杖弓着背，正要出门，却瞅见自己的影子笔挺挺的，抖袖翻袖，又腿下蹲，身一斜，就势就卧倒了，好个贵妃醉酒！

他吓坏了，揉揉眼再看，这下影子又成穆桂英扮相，锵锵锵舞得靠旗飞扬，好个英姿飒爽！

是影子出了问题还是眼睛出了问题？老倌本能地躲，白天躲太阳，晚上躲灯光，最难的是要躲老伴儿狐疑的目光——她一定是觉察到什么了，连紧打紧凑着十三幺，还不忘腾出心来扫他一眼。

这眼神老倌记得，当年他在院子里喂鸡的时候，总要咯咯咯趁机练上几嗓子，有一回刚扭头，就被她这眼神扎了一下，手上的簸箕掉落在地，惊起的鸡满院子扑腾，乱了阵脚。

别误会，老倌可不是怕老婆。他老伴儿原是富家小姐，十指不沾阳春水的，家人不同意她嫁个戏子，把她锁在二楼闺房内。她烈性子，直接往下跳，拖着断腿横竖到他那儿去了。

这腿怕是废了,你得养我! 她说。

他点头如捣蒜,养,当然养。

可是,拿什么养? 正闹天灾,谁有闲工夫看戏? 戏班子白菜帮子番薯粥地苦苦支撑,原先唱穆桂英的靠旗一脱上山砍柴,唱杨贵妃的酒杯一扔跑去酿酒,角儿都走了,他这个跑龙套的竟一晃成了正印花旦。

他兴冲冲地包大头,贴片子,戚眉,刚唱了两场,戏班子就决定散伙了——开场时还算稀稀拉拉有些观众,还没打赏就溜了,种地的种地,绣花的绣花,谁家不是几张嘴等着呢?

也罢,熬过天灾再说。老倌仗着这些年练的功底,一声开腔背起大筐,迈起台步进了山。

山里草药多,世道再不济药还是要抓的,靠着它,老倌好歹填饱了两张嘴,哦不,很快变成三张嘴。

天灾一过,又有戏班子重新开张了,他看了一眼嗷嗷待哺的娃,心想,等娃大点儿我再去吧。

眨眼娃就上学堂了,老倌一得意,不觉就跷起兰花指,老伴儿一筷子打下来,像个男人行吗? 儿子学着呢。吓得老倌再也不敢在家练身段,寻思着,还是等娃长成再说吧。

再一眨眼娃就该娶媳妇了,老倌那个喜呀,缝缝洗洗忙开了。晾床单时拎着两个角一抖,披上身就成了戏服。

可是从床单下伸出的,却不是青葱玉手,那疙疙瘩瘩的枯枝,还带着洗洁精的味儿。他怔住了,半晌,规规整整地把床单晾好,走了。

老倌不再练声,也不再练身段了,一门心思做起药材生意来。

儿子生了孙子,孙子又生了曾孙。老来倒也安生,喝个茶,逗逗曾孙,偶尔心血来潮还会临摹几个名伶图。孙子见了问,画美女呀? 老倌说,是名角,男的。孙子不屑,不男不女的。你懂个屁! 老倌刚要发作,瞥见老伴儿正在客厅看电视呢,狠狠瞪了孙子一眼作罢。

日子也就这样了，只等着另外半截身子入土，可偏偏这会儿，影子闹起来了。

老倌不敢再看戏剧节目了，电视被固定在了新闻频道。可影子不理睬，噔噔噔就走了个圆台。

他不敢再画名伶了，之前画的被压到了箱底。可影子手持圆扇半掩嘴，腰一扭又走起俏步来。

吃不好，睡不香，熬上几个睁眼夜后，老倌决定投降了。他从床底下的木箱子里取出一个蓝布包着的包裹，层层解开，那是他偷偷藏了六十年的头套，当年戏班子散伙儿时，给他留个念想的。

果然，就是这念想撺掇影子来着。头套一扔，影子就恢复正常了，一个苍老的身影在灯光下摇摇欲坠，颤颤巍巍，很快就倒下了。这一倒，他明白自己不会再起来了，对老婆子是万般的不放心。

你身子寒，水果要记得泡泡热水再吃。他说。

喘喘气，他又说，你糖尿病的药丸在第二个抽屉里，饭前记得吃一颗，别吃多了……

话没说完，他就瞪大了眼睛。昏黄的灯光把他的影子扯得七零八落，有踢腿的有扭腰的，有起单脚的有卧鱼的，有散发的有哭相思的，乱糟糟一台戏，全是男旦。

出殡时，他老伴儿找来戏班，在灵前唱了足足七天七夜。

回　家

周海亮

　　一年里最冷的几天,却有旅行团来到这里。旅行团辗转几千公里,只为这里的雪景。

　　这里的雪景很有名。第一场雪落下来,不化;第二场雪再落下来,方圆百里,就成为童话里的国度。雪让一切变得纯净、柔软,太阳升起来时,或明晃晃让人睁不开眼,或五彩缤纷如同铺满小小的彩虹。可是不管如何,现在绝不是旅游的黄金时间,不仅因为天气太恶劣,还因为快过年了。

　　但旅游大巴还是被塞满了。随着大巴的北行,游客们对于雪的热情,反而因为更加寒冷的天气,一点点升温。

　　"第一次到这里,我就觉得我不是旅游,而是回家。"一个中年男人正在高谈阔论,"我见过太多的雪,却没有任何地方的雪能与这里的雪相提并论。怎么说呢?别处的雪只是景致,这里的雪却有生命。当雪止,你甚至不忍踏上去,就怕惊扰到雪,惊扰到宁静。你只想留住这片雪,待春天时,看它慢慢融化……"

　　"雪化的时候,污水横流。"小伙子插嘴道,"到了晚上,污水又结成了冰,农人们走在路上,要么陷进稀泥,要么被滑倒……"

"我刚才不是说了吗？对我来说，这已经不是旅游，而是回家。"中年男人解释说，"回家的意思你懂吗？就是把雪当成生活的一部分，你就会爱上它。我指的不单是洁白的纯净的雪，还有正在融化的黑色的残雪。我觉得我就应该属于这里，雪落时，看雪；雪化时，听雪。即使春天，当雪让生活变得不便，甚至当雪变得丑陋，也没有关系。那也是雪，也是会让你爱到极致的雪。你会讨厌你越来越老的父母吗？事实恰恰是，他们越老，我们越爱他们，这是一样的道理……"

"可是这里夏天没有雪。"小伙子说，"不仅没有雪，还炎热无比。如果你夏天来过这里，就会感觉进入了一个难以忍受的巨大的蒸笼。更糟糕的是，这里土地贫瘠，粮食产量极低。还有，矿产稀缺，植被稀少，交通不便……"

"夏天时我也来过这里啊！"中年男人说，"正因为交通不便，少人侵扰，这里才成为难得的世外桃源。正因为土地贫瘠，植被稀少，这里才在我们的

工业文明中侥幸存留。你想想，假如土地肥沃，人口稠密，这里会变成什么样子？到处高楼大厦，厂房林立，人满为患。纵是再好的雪景，也不会有欣赏的心情，更别说到了这里就有'回家'的感觉了……"

大巴车进入景区，开得小心翼翼。中年男人将脸凑近车窗，不时发出一声惊呼或者感叹。中年男人生活在南方一个拥挤的城市，他也许真的爱上了这里，真的将这里当成了他梦想中的另一个家。这一次他带来了妻女，他们会在这里过完春节，然后返回自己的城市，继续他们的生活。可是中年男人自己也知道，不管如何喜爱这里，他仍然是这里的过客。这一点，永远无法改变。

但是对小伙子来说，不一样。

大巴车停下来，游客们欢呼雀跃奔向雪野，只有小伙子背起双肩包走向另外的方向。他需要翻越一座小山，回到他的村子。村子安静落后，土地贫瘠，交通不便，生活艰苦，却仍然生活着他年迈的父母。他在繁华拥挤的城市里打拼，但每年过年，他必须回来。

小伙子没有买到票，机票、火车票都没有买到。他本想骑摩托车回来，但是后来，他想到了旅行团。他对这里的雪景已经没有丝毫感觉，甚至，他憎恨这里的雪、这里的山、这里的封闭与安静。但是他知道，不管如何，过年之前，他必须回家。

甲方乙方

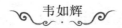

韦如辉

自从当上甲方，他就恨上了乙方。不是一般的恨，是与日俱增的恨。随着时间的推移，他恨得咬牙切齿。甚至，他萌生了杀死对方的念头。

乙方是个叫韩水生的男人。男人有体面的工作，殷实的收入，一个原本和睦的家庭。可是，自从男人成为乙方，男人一生一世的伟岸，都化为过眼云烟。

乙方是甲方的父亲，亲生父亲。一度，他曾怀疑过这个不争的事实。而事实就是事实，他是乙方的翻版。眉眼鼻口，体态神形，言语举止，无不证明遗传基因的伟大。

这事，还得从那份合同说起。慢着，还是从报考志愿那时说起吧。否则，事情的来龙去脉不是很清楚。

他那年高考考砸了。平时，他的成绩在年级名列前茅。各科老师都预测，上一本没问题，说不定发挥好了，可以进重点。然而，成绩出来后，他成了意外之意外，只挂上三本线。

他一下子蒙了。一瞬间，天旋地转。

比他还蒙的，是他的父亲和母亲。他母亲哭了，哭声渐次传到客厅，传到小区，传到广场，传到湖面上，惊动了几个夜钓的人。夜钓人小心翼翼地

围过来，欲实施一场灾难的营救。这个光荣的传道授业解惑者，经不起心灵的打击，将一份愕然、颓废、无奈、伤感，交给了夜色。

他父亲倒显得冷静，一天一夜，一言不发，只把一包包香烟，一根根浪费到极致。

近一个月来，父亲母亲都在做他的工作，让他复读一年。

报考志愿的那一天，他却填上了一个远在省外的普通三本。

那份无情无义的合同，在他去学校的前一天出现了。

他的父亲，不！韩水生冰冷地说，签吧。

合同的基本要义是这样的，他到外省上学，除了去时的车票八百元外，期间所有的费用均由甲方自行解决。那一刻，他突然变成了甲方，乙方赫然写着他父亲的名字。他流泪了，泪水像虫子一样爬满他的脸颊。朦胧的目光中，他看到了母亲模糊的身影。母亲侧坐在窗前，双肩急剧地抖动。他知道，母亲的眼泪已经流干了，只剩下双肩在抖动。

他签了字。

恨一天天在心里发芽、抽丝、结茧，无形之中，恨成了仇。他切断了与乙方的一切联系，一口气过了四年。

四年里，课堂上，他刻苦学习。休息日，奔波在家教的路上。寒来暑往，经他辅导的孩子，有的上了高中，有的考取了大学，还有的正挤进"好学生"的行列。他自己，也顺利考上了一个名牌大学的硕士研究生。

有一天，他同学让他接电话。同学将手机递过来，一脸错愕地说，韩小生，找你的。

电话里没有人说话，只有嘤嘤的哭泣。虽然远在天边，但是他听出来那是母亲的声音。

他的眼泪虫子一样爬出眼眶，他不由自主地颤抖着，弱弱地叫一声，妈。

母亲肯定继续急剧地抖动双肩，他对那个动作太刻骨铭心了，好像对韩水生的恨。母亲颤抖着说，你爸不行了，肝癌晚期。小生，听妈一句话，回来见一面吧。

他没有吱声。对于乙方，他有权保持沉默。

母亲接着说，看在母子的情分上，回来吧，算妈求你了，啊？

他踏上了回家的路，敲开曾经熟悉而今陌生的门。

房间里清冷。冬天的气息，还没从里面走出去。他突然觉得，有一种异样的味道在里面游走。是什么呢？他没弄明白。后来，他才知道，那是死神的味道。

乙方已经形如枯槁，几次试图抬起手，却失去了最后的气力。

母亲从乙方的床头，又拿出来一份合同，甲方已签上了韩水生的名字。

合同的基本要义是，甲方所有财产归乙方所有，包括在省城的一套房子。乙方保证赡养甲方的遗孀，直到送终。

那一刻，他终于按捺不住，如一头出笼的困兽，露出了巨齿獠牙。他砸碎了客厅里所有东西，咆哮到几乎没有一丝呼吸。

他恨所谓的合同，恨所谓的甲方乙方。难道在这世上，只有甲方乙方？难道只有用甲方乙方，才能解决一切问题，包括亲情？他韩水生尽管是一个在工商部门管合同的小官，用合同解决了太多的问题，但他能解决生死？

送走了甲方，他虚脱了。他了解到一个基本事实，甲方一直在用一种特殊的方式激励他。

他抱着母亲痛哭一场，母亲的双肩仍然急剧地抖动。

他本来打算烧掉那两份荒唐的合同。最后，他改变了主意。他决定把两份合同留下来，留给他的子孙。

螺丝扣

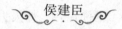

侯建臣

拌了一夜的嘴，也不知道是谁对谁错，反正谁都不让谁。

似乎是，男人还给了她一肘子。当时没觉得疼，躺下了，泪却还在流。

怎么经常吵呢？为了啥吵呢？想想，也说不上来。反正是，隔一段时间就吵，隔一段时间就吵。她呢，恨得牙都痒痒的。她没记得吃了什么酸的甜的辣的东西牙痒痒过，可是想起他的黑铁片一样的脸，牙就开始痒痒。怎么说呢？她是真的恨着他呢！她都想做点儿啥了。

早晨起来，照例是开始做饭，主要也是给他做。五年级的孩子在离村十几里远的乡镇学校上学，也就周末回来，家里大多数时候也就他们两个人。其实说白了，家大多数的时候就是他们两个人；饭呢，也就是以他为主的。要是他不在，她又有几次认认真真地做过、认认真真地吃过呢？

跟平时一样，早饭丰盛。一日之计在于晨，庄户人家的晨就更是不一般了。家里、地里的活儿都是从早晨开始的，早晨一忽悠过去，一天就算浪费了。所以早晨总是要把肚子填得饱饱的，也把劲儿攒得足足的。

她起得早，院里家里出出进进，当火生起来的时候，他才起来。

她做饭的时候，他在院子里做着准备，给车加水、加油，把要用的东西都带上。买种子的钱还没有着落，他是要早早地去县城一趟，看能不能把去年没吃完的土豆卖掉一些。

她准备好了饭，放在炕上。碗筷都准备好了，咸菜、醋、辣椒都放在炕上了，也不喊他，只把门开了，又猛劲儿地关上，这气还在心上呢。他知道这是叫他吃饭了，就拍拍身子，进了家门，灌一口冷水，一跨腿上了炕，开始吃饭。她呢，也不吃饭，做完饭的手还没洗，坐在小板凳上，看着一个什么地方，明显是在想着心事。

她的目光空空的，空得一下子都看不到底；又似乎是满满的，满得一不小心会渗出啥东西来。这样的情况以前也有，但这一次似乎跟以前每一次都不一样。

他端着碗扒拉了好几口饭，抬起头，见她还坐着不动，想说啥，但没说，又把头扎进碗里，把响响的吃饭声音散到屋子里。

他一直吃，她一直坐着。他看了她几次，她却一直没看他，只呆呆地坐着。他几次想说点儿啥，但都没说。

吃完了饭，他下了地，咳了一声。他这是跟她打个招呼，他是说他吃完了，要走了。

她似乎动了一下，但还是坐着，没有起来。她似乎看了他一眼，又似乎目光就一直没有从空空的冥想里收回来。

他走出家门的时候，一片影子从她的脸上飘过。

车发动起来了，突突地响。

在院子里，他又咳了一声。她听到他响响地朝着一个什么地方吐了一口痰，这是他的一贯动作，他一到要走的时候，总会响响地吐一口痰。

突突的声音响着响着，又猛地吼得更凶了，一股黑烟从车屁股拥出来，在院子里一点一点地上升，似乎是对前边的路示威似的。

她抬起头看到了那黑烟飘着的影子，那影子像是在空中飘着的兽。

那兽一直在她的眼前飘……

突然想起了什么的样子，她猛地站起来，疯了一样往出跑。身后的门受

情愫·飘香的臭豆腐

143

了惊吓一样,一直晃,一直晃。

他已经松开了离合器,车子的轮胎开始动了。听到开门的声音,他回头看了她一眼。

车子向前动着。

"站住,站住……"

她大喊,疯了一样喊。

车子还在朝前动着。

"站住,站住……"

她的声音更大了。

他没有让车停下来,他以为她想起了昨天晚上的事,又要翻旧账。她翻旧账的时候不少。她翻旧账的时候,他会很头疼。

她一边喊着,一边上了档一样跑着挡在了车子的前边,差一点儿就让车撞上了。幸亏车还不是很快,幸亏他还没有加更多的油。

车停下了,他看着她。他的眼里挤了满满的愤怒。

她却不管。不知道在什么时候她的手里已经拎了扳子,他不知道她手里拎个扳子干啥。

她从车子前边走到车轮胎旁,开始用扳子拧那轮胎上的螺丝,原来那轮胎上的螺丝扣是松着的。

他吃了一惊,他不知道轮胎上的螺丝扣什么时候松开了。想想,再想想,他似乎是明白了。

"这娘儿们,这娘儿们……"他在心里说。

"这娘儿们,这娘儿们……"他在想,这娘儿们,真是该好好地疼疼了。

她呢,很认真地拧着那螺丝,把全身的劲儿都用上了。在她用劲儿拧螺丝的时候,连车身子都是一晃一晃的……

朵 田

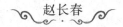
赵长春

朵还是垛？袁店河的人自己也没有搞明白。

袁店河，南北流。流到袁店镇，河汊多了起来，水稳当了。因为岛屿。岛屿，一个又一个。从罗汉山上看下去，星星点点。也说不上岛，甚至是一点，一拳，一团，如此大小；有的只是块大石头，几平方米，一棵树，一丛草……河水与岛屿互为点缀，河道被穿插分割，河水被围、追、堵、截，就成了袁店河的一处美景：朵田，或垛田。男人音重，垛；女人音柔，朵。

垛田、朵田，叫上去，都有份诗意，水润润的。

这样的田，几分、几厘，春来一片花，夏至蝉声悠。地肥，闲着也是闲着，不种点儿啥总是叫人心疼，就有人划了小船上去。西瓜，黄瓜，甜瓜。白菜，萝卜，香葱。芋头，高粱，花生。有肥，有水，只要出力，就有收成。

这样的田，还可以放牧鹅鸭。菰草里，蒲丛里，鹅，鸭，一群又一群，四散，伸着脖子，撅着屁股。鹅吃着水草，鸭秃噜着小鱼小虾。人呢，就捏了一柄七齿叉，在柳荫下扎鱼；还可以捉黄鳝，黄昏时将鳝筒放置在稻田、墒沟，早晨再来，鳝筒里满登登的。最是中秋，稻熟鱼肥。月夜，星光明亮如碎银，哗啦……一条鲤鱼，竟跃进舱中，拖着银尾，噗噗啦啦。

美，多美。可是，为啥人们还要出去打工？不少人想不通。想不通还要

出去,走南闯北,扔下了自家的田。

不过,满星没有出去。满星喜欢垛田。从小就喜欢。垛田好啊。放牛,放羊。一垛田,牛羊上去,吃吃喝喝,不耽误逮鱼、捉蟹、摸藕、采菱……再送到镇上去卖。菜好,虾鲜,出手快。钱不少挣。就开了"水上乐"——一块大的垛田,柳树杨树香椿树,有灶有厅。灶是大锅灶,厅用蒲草苫顶。人们喜欢来,如此,一样挣钱,就在家门口。

淑月也没有出去。淑月喜欢朵田。从小就喜欢。朵田好啊。淑月在当年的作文里写过朵田,划船,割草,逮知了……朵田沙土厚,西瓜瓤沙汁多,甜;花生富硒;红薯绵,如蜜;鸭蛋是双黄的,个儿大。淑月开了微店,手指一点,这些袁店河的土特产就走了,天南海北。

与满星相比,淑月是出去后回来的。当年,淑月考上了大学,满星没有。可是,毕业后,淑月又回来了。淑月说:袁店河好,山好,水好,人也好。

淑月是在一个阳春三月回来的。田上的油菜花开着,葳蕤,繁茂,黄腾腾,黄澄澄,黄生生……一块块田,就是雅致的水上盆景,大大小小。年年看,人们都看不烦,比春节都热闹。十里八乡的人都来看,还有城里的。淑月心里说:还是袁店河好!就在满星的"水上乐",靠窗临水的一张桌前,淑月给大学同学们发了有图为证的微信:不回去干了,就在袁店河创业!

对于淑月的返回,满星高兴,心里偷着乐。——话说到这里,就又是一个俗气的爱情故事了。满星,淑月,当年一起读的中学。高二暑假时,还在香椿树下坐过呢……

现在,淑月回来了,做微商:一个人的朵田。把袁店河的特产,一一送出去。袁店河好,山好,水好,人好,货品也好。鱼,裹了水草,敷上细棉,再围上冰块,放入包装箱。第二天,至多第三天一早,就到了客户案头,眼睛还眨着呢,尾巴甩上几下呢。

为啥人们还要出去打工?不少人想不通。淑月想通了,就是等着我回来创业呢。满星想通了,就是让我好好经营呢。淑月满星承包了流转的朵田、桃花岛、杏花岛、葡萄园,生意红火了,干脆设了快递点。一年又一年。

　　记者来采访了。淑月说是朵田。满星说是垛田。记者说,到底怎么叫?
两人望着水面,笑了。

　　记者又问:你们什么时候办事呀,大事?

　　淑月望着满星,满星望着淑月。又都望着点点水田,一笑。

　　远处,三两只船,摇摇晃晃;四五棵柳,朦朦胧胧;六七株桃,红红白
白……春天了,春天来了。

情愫·飘香的臭豆腐

147

红　草

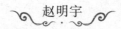

赵明宇

男人老瓦出去打工了,红草每天吃了饭喂猪喂鸡,然后去田里。有一天晚上看电视,说是在外面打工的单身男女组建临时家庭,打工结束,各奔东西,谁也不影响谁。红草心里咯噔一下。后来附近村里有个打工的,带着外地一个女的私奔了,家里的老婆去闹,结果被男的打死了,埋在沟里。今年春天公安局破了案,男的被枪毙了。

红草就再也坐不住了,没心思摆弄棉花,也没心思喂鸡喂猪了,决定去老瓦打工的城市看看老瓦,是不是也跟别人组建了临时家庭。

红草虽然识字不多,但是红草知道,老瓦要是在外面有人了,总会留下蛛丝马迹。红草看似大大咧咧,心眼细着呢,比针尖还细。她把家留给邻居照看,坐火车去老瓦打工的城市。本来是搞突袭,可是在火车上转了向,心里就发怵了,只好给老瓦打电话,说明天晚上就到你那里啦,到火车站接我。

下了火车,见老瓦笑眯眯地站在出站口,她的眼泪就下来了,抱住了老瓦。老瓦有些不好意思,说,你还没吃饭吧? 走,到餐馆吃拉面。

跟在老瓦身后,红草感觉老瓦没有变,自己的想法是多余的。

匆匆吃了饭,来到老瓦的出租房,老瓦就迫不及待地关上房门,那猴急的样子像是几辈子没见过老婆,更让红草打消了顾虑。

第二天老瓦上班走了,她看看这里,再瞅瞅那里,又怀疑老瓦真的有人了。首先是屋里收拾得干干净净,再就是俯下身子嗅了嗅被子,有一股怪怪的味道。她抖开被子,发现了不该看到的印记。

虽说早就做好了心理准备,红草的心里还是咯噔了一下。她想跟老瓦闹一闹,打老瓦几巴掌,再揪出那个女人。可是她很快就打消了这个念头。她知道这一闹,老瓦就得跟自己闹撑眼,那个女人就得逞了,说不定老瓦和那个女人正巴不得红草去闹呢。老瓦的脾气红草最清楚,只要对他好,他能把一颗心掏出来。红草思来想去,还是决定好好伺候老瓦,对老瓦比以前更好。

想到这里,红草就不休息了,找出老瓦的衣服,用洗衣机洗,还把屋里的桌子擦了一遍,把地扫了一遍,把被褥拆洗了。老瓦晚上回来,她把饭菜端在桌子上。老瓦吃了饭,没去缠她,她就去缠老瓦,给老瓦捶背,给老瓦洗脚,把老瓦感动得说了句心里话:有老婆真好。

住七天该走了,红草还是不放心,她必须把自己的男人拴得牢牢的。她用手臂勾住老瓦的脖子,把嘴巴送到老瓦的耳边说,我这次来要怀上咱的孩子。你不是要儿子吗?我就给你生个儿子。

老瓦感动得吸溜着鼻子哭了,一直把红草送到火车站。红草说,你赶紧上班去吧,我还回不了家啊?老瓦不走,红草硬是让他走了。坐在候车室里,红草想退了火车票,到天黑再返回去,一定能抓住这对狗男女。她又想起娘曾经说过的一句话:对男人提高警惕,但是也不能拴得太死管得太严,否则就会适得其反。据说邻村那个女的就是把男人管得太死。其实男人都有花花肠子,你由着他折腾,累了就回家来了,才知道还是老婆好。再说男人都是要面子的,你让他没面子,他就会做出不该做的事情。想到这里,红草心说还是算了吧,管她是谁呢,到时候老瓦还得回到我身边,如果老瓦真的不要我了,到时候再去闹也不迟。

回到家,红草心里七上八下的,精神恍惚,四肢无力,也懒得吃饭,更不

愿去田里了。红草掏出手机给老瓦打电话,说我有病了,你回来吧。说着说着,红草哭了,哭得老瓦心里发毛。老瓦说红草红草你别哭,赶快去医院吧。我暂时回不去,先让你妹妹照看你,我给她出工钱。

又过了几天,老瓦打电话说要回家了。红草说,你不是说厂里忙吗?老瓦说,再忙也得回家啊,再忙也得要家、要老婆啊。

红草听了,偷偷笑,她知道男人没有变。这次老瓦回来,就不让他出去打工了,让他做生意,开个门店,红草天天守着他。她还要给老瓦一个惊喜,她怀上了。

想到这里,红草心里就亮堂了,精气神足了,吃了两碗面条又去田里摘棉花了。